Devine qui vient tuer

Anthony Horowitz

Né en 1957, Anthony Horowitz vit depuis plusieurs années à Londres. Auteur de scripts pour la télévision, il a aussi et surtout écrit des romans pleins d'humour pour la jeunesse. Dans le genre du policier comme dans celui du fantastique, ses succès ne se comptent plus. Plusieurs prix sont venus couronner son œuvre, notamment le Prix Polar-Jeunes 1988 pour *Le Faucon Malté*, le Prix européen du Roman pour Enfants 1993 pour *L'île du Crâne* et le Grand Prix des Lecteurs de *Je Bouquine* en 1994 pour *Devine qui vient tuer*.

Marc Daniau

Né en 1964, il a publié deux albums : *K.-O. d'amour* et *Le dos de l'écuyère* chez Futuropolis. Il a collaboré à des journaux aussi divers que *Blah Blah*, *Le Monde diplomatique*, *Labo*... Il a également conçu des images de pochettes de disques et des clips vidéo.

Anthony Horowitz

Devine qui vient tuer

Traduit de l'anglais par Annick Le Goyat
Illustrations de Marc Daniau

HACHETTE Jeunesse

Du même auteur dans

Vertige fantastique

• *Les portes du Diable*
• *La nuit du Scorpion*
• *La Citadelle d'argent*
• *Le jour du Dragon*
• *L'île du Crâne*
(Prix européen du roman pour enfants 1993)
• *Maudit Graal*
• *Mortel chassé-croisé*

Vertige policier

• *Le Faucon Malté*
(Prix Polar-jeunes 1998)
• *L'ennemi public n°2*
• *Signé Frédéric K. Bower*
• *Devine qui vient tuer*

Le Livre de Poche Jeunesse

• *Satanée grand-mère !*
• *Le Diable et son valet*

Côté Court

• *Pagaille à Paris*
• *L'auto-stoppeur*

Hors série

• *Destination horreur*
• *Stormbreaker*

L'édition originale de cet ouvrage
a paru en langue anglaise
sous le titre
SOUTH BY SOUTH EAST.

43, quai de Grenelle, 75015 Paris.

1

MAC GUFFIN

Que vous dire de Camden Town? C'est une banlieue située au nord de Londres, avec un marché et un canal. Ce que vous ne trouvez pas au marché, vous le trouvez dans le canal, à moindre prix. Camden est également le lieu de résidence de *Tim Diamant & Cie, Détective Privé*. Sur la fenêtre on peut lire la raison sociale peinte en lettres noires. En théorie, du moins. Car si vous arrivez à lire, c'est qu'il a dû pleuvoir. Il n'y a que la pluie pour laver ce carreau.

Tim Diamant & Cie...

Ce sont les derniers mots que Jake Mac Guffin ait lus dans sa vie. Il faut dire que, lorsque vous êtes poursuivi par deux assassins hollandais, armés d'un couteau et d'un pétard (votre nom étant inscrit sur le manche et la crosse), vous n'avez vraiment pas le temps de vous plonger dans la lecture d'un roman.

Cela se passait pendant l'été caniculaire de 1990. Je l'ignorais alors, mais cet été-là serait plus chaud et plus long pour moi que pour n'importe qui d'autre. C'était le premier mardi de juin. Je me souviens de la date parce que c'était mon tour de préparer le déjeuner et qu'il n'y avait rien à se mettre sous la dent. Je m'étais pourtant décarcassé. J'avais garni un plateau avec des assiettes, des couteaux, des fourchettes, des serviettes, et même une fleur cueillie sur le mur de la salle de bains. Il ne manquait rien, sauf la nourriture.

« C'est tout ? » me demanda Tim quand je lui apportai le plateau.

Tranquillement assis derrière son bureau, il fabriquait des cocottes en papier avec les pages de l'annuaire téléphonique.

« Un litre de lait, rien d'autre ?

— Un demi-litre, rectifiai-je. Nous avons bu l'autre demi-litre au petit déjeuner. »

Je ne mens pas, vous pouvez me croire. Ce demi-litre de lait longue conservation était la dernière chose qui nous séparait encore de la famine.

« Tiens, voilà un verre, dis-je.

— Inutile. »

Tim prit un gobelet en carton sur son bureau et le retourna. Il en tomba un haricot.

« C'est la fin des haricots », annonça Tim.

Comme vous le savez probablement, je vis avec mon grand frère, Herbert Timothy Simple, et cela depuis que mes parents ont décidé d'émigrer en Australie. Herbert se fait appeler Tim Diamant. Il se fait également appeler détective privé. Aucune de ces deux appellations n'est justifiée. Tim serait incapable de trouver une empreinte sur son propre doigt, la vue des cadavres lui donne la nausée et, les rares fois où il lui est arrivé de mener une enquête, il s'est tellement mal débrouillé que c'est l'enquête qui a fini par le mener... en bateau.

Cela ne vous surprendra pas, les affaires étaient très calmes. Si calmes, même, qu'aucune ne se présentait. On aurait pu penser qu'il existait forcément quelqu'un, quelque part, qui avait besoin d'un détective privé, eh bien, figurez-vous que personne n'avait frappé à notre porte depuis six mois. Encore quelques jours et il nous faudrait vendre la porte. Nous avions déjà vendu la machine à écrire, le poste de télévision et le répondeur téléphonique afin de payer le loyer. Pour payer la facture du téléphone, nous avions vendu le téléphone. Il ne nous restait plus qu'à déménager dans les bureaux du prêteur sur gages, qui possédait maintenant presque tous nos meubles.

Je regardai tristement le lait.

« Il faut que tu trouves du travail, Tim, dis-je.

— J'en ai cherché, Nick, protesta mon frère en ouvrant un tiroir de son bureau qui débordait de lettres. Regarde ! J'ai répondu à des centaines d'offres d'emploi.

— Et combien de refus as-tu reçus ?

— Tout ça, répondit Tim avec une grimace. Ce sont les refus. »

Il fouilla pendant une minute dans la pile de lettres et en sortit une, le visage illuminé.

« Je n'ai pas encore reçu de réponse pour celle-ci.

— La poste a peut-être égaré ta lettre. »

Tim déplia l'annonce et l'étala devant lui sur le bureau : « *Chef de la sécurité de la Banque Canadienne, à Pall Mall. Quarante mille livres par an, plus tickets-restaurant et voiture de fonction.*

— Quand penses-tu avoir la réponse ? demandai-je.

— Ne t'inquiète pas, ils téléphoneront.

— Tu as vendu le téléphone, Tim. »

Le visage de mon frère s'assombrit. Il replia l'annonce et la rangea dans le tiroir.

« Ça ne va pas si mal, grommela Tim. Tôt ou tard, j'aurai une affaire. Je te parie qu'un jour ou l'autre quelqu'un va frapper à la porte. »

A cet instant quelqu'un frappa à la porte.

Tim déglutit comme s'il venait d'avaler un os de poulet. Il regarda autour de lui. Avec le plateau du petit déjeuner et les cocottes en papier (sans compter le reste), le bureau ne ressemblait guère au quartier général d'un brillant détective privé. Et un client potentiel frappait à la porte ! Tim resta pétrifié une seconde, puis nous entrâmes tous les deux en action.

Les cocottes en papier volèrent dans la corbeille. Tim jeta dans un tiroir couteaux, fourchettes et serviettes, tandis que je glissais le carton de lait dans un vase posé sur une étagère. Restait le plateau. Tim me le tendit. Je cherchai un endroit où le poser et, n'en trouvant aucun, je le mis sur une chaise et m'assis dessus.

« Entrez ! » cria Tim.

Penché sur son bureau, il griffonnait n'importe quoi sur une feuille blanche. Mais il aurait fait davantage illusion en tenant le stylo dans le bon sens.

La porte s'ouvrit.

Notre visiteur tenait un revolver à la main, et c'est le revolver que j'observai en premier. Il était petit, le nez retroussé, d'un gris métallique, à l'image du visiteur lui-même. En effet, l'homme me dépassait à peine de quelques centimètres, et il était si pâle qu'on l'aurait cru sorti d'un de ces vieux films en noir et blanc qui passent à la télé. L'homme avait le menton carré, les cheveux rasés de près et des petits yeux dissimulés derrière les verres épais de ses lunettes. Ou bien il était très myope, ou bien c'était son opticien qui l'était, ou bien il se sentait plus à l'abri derrière des verres pare-balles.

L'inconnu ferma la porte derrière lui. Aux grosses gouttes qui ruisselaient sur son front et son manteau, je conclus qu'il pleuvait. Ou alors qu'il transpirait abondamment.

« Tim Diamant? demanda-t-il.

— Ouais, je suis Tim Diamant », acquiesça Tim.

L'homme avança dans la pièce et m'aperçut. L'espace d'un instant, le revolver pointa dans ma direction et mes mains se hissèrent d'un geste machinal quelque part au-dessus de ma tête.

« Qui es-tu? questionna l'homme.

— Nick Diamant, répondis-je. Je suis son frère.

— Pourquoi es-tu assis sur un plateau?

— Parce que j'avais envie d'une tasse de thé. »

C'est la première réponse qui me vint à l'esprit. Elle parut le satisfaire car il se désintéressa presque aussitôt de moi et se dirigea vers la fenêtre.

« Je n'ai pas bien saisi votre nom », remarqua Tim.

Mon frère s'était déjà glissé dans son rôle de détective privé. Nonchalamment vautré dans son fauteuil, la voix nasillarde, il avait l'autorité d'un élastique cassé.

« Jake Mac Guffin », dit l'homme en regardant par la fenêtre, les yeux plissés comme les stores vénitiens que nous avions vendus la semaine précédente.

Il jeta un coup d'œil vers la porte par-dessus son épaule et demanda : « C'est la seule entrée?

— Oui, acquiesça Tim. Vous avez des ennuis?

— Quelqu'un cherche à me tuer. »

Mac Guffin s'écarta de la fenêtre juste au moment où une balle, tirée de la rue, perçait un trou bien net dans la vitre et passait à un centimètre de sa tête pour fracasser le vase posé sur l'étagère en faisant exploser le carton de lait que j'avais glissé à l'intérieur. Le lait se déversa comme d'une fontaine.

« Qu'est-ce qui vous fait penser qu'on cherche à vous tuer, monsieur Mac Guffin? » s'enquit Tim.

Je chancelais. Le blême Mac Guffin avait encore blêmi. Quant à Tim, il n'avait visiblement rien remarqué d'anormal. A la vérité, mon frère était si imprégné de son rôle qu'il n'aurait rien remarqué, même si notre visiteur avait été tué sous ses yeux. Je reculai vers le classeur mural, prêt à me cacher derrière si d'autres balles traversaient la pièce.

Mac Guffin glissa son revolver dans l'étui qu'il portait sous l'aisselle et traversa la pièce en évitant la fenêtre. Les gouttes sur son front étaient de la sueur et non de la pluie. Je compris qu'il avait couru avant d'arriver jusqu'ici. Sans doute savait-il qu'on le poursuivait. Maintenant il était là, avec nous, et ceux qui le traquaient le savaient aussi.

« J'ai besoin d'un téléphone, dit Mac Guffin d'un ton pressant.

— Pourquoi ? » demanda Tim.

Mac Guffin hésita. Je crois qu'il avait mal évalué mon frère. Il faut avouer qu'il avait d'autres soucis en tête.

« Vous pouvez me le dire, Mac Guffin, insista Tim en se tapotant le nez. Je suis un privé qui a du flair. Je renifle les ennuis. »

Mac Guffin regarda autour de lui. S'il avait vu un téléphone, je gage qu'il se serait servi du fil pour étrangler Tim avant de passer son appel. Mais ses poursuivants l'avaient acculé. Le temps filait. Il n'avait pas le choix.

« D'accord, je vais tout vous dire », soupira Mac Guffin en s'asseyant en face de Tim.

Il prit une cigarette.

« Vous avez du feu ? »

Tim poussa vers lui une boîte d'allumettes. Mais il ne restait que le grattoir. Dégoûté, Mac Guffin écrasa sa cigarette sur le bureau. Il semblait avoir vieilli de plusieurs années en quelques minutes.

« Écoutez-moi bien, dit Mac Guffin. Je suis un agent secret. Peu importe pour qui je travaille.

— Pour *qui* travaillez-vous ? questionna Tim.

— Peu importe, répéta Mac Guffin. Je suis sur les traces d'un certain Charon. C'est un tueur. Il dirige une puissante organisation criminelle, plus puissante qu'Esso.

— Mais eux, je parie qu'ils ne vous offrent même pas de porte-clefs », dis-je à voix basse.

Tim semblait perplexe.

« Charon ? C'est un drôle de nom.

— Un nom de code, expliqua Mac Guffin. Tiré de la mythologie grecque. Vous avez entendu parler du royaume des morts. Avant d'y pénétrer, les âmes devaient traverser un fleuve. Charon les conduisait sur sa barque. C'était en quelque sorte le passeur des morts. »

Le soleil avait dû disparaître derrière un nuage car, pour la première fois de l'été, j'eus froid. Ou peut-être était-ce le vent qui soufflait à travers le carreau percé.

« Personne ne sait véritablement qui est Charon, poursuivit Mac Guffin. Il peut se déguiser en un tournemain. On dit qu'il possède tellement de visages que même sa propre mère ne pourrait pas le reconnaître.

— Vous connaissez sa mère? s'enquit Tim.

— Non », répondit Mac Guffin en prenant une profonde inspiration. Il devait avoir une terrible envie de fumer une cigarette. « Il n'existe qu'un seul moyen de reconnaître Charon. Il a perdu un doigt.

— Le doigt de qui? questionna Tim.

— Le sien. Il ne lui en reste que neuf.

— Ça vous aidera à mettre la main sur lui! » remarqua Tim avec un sourire entendu.

Mac Guffin ferma les yeux pendant quelques secondes. Peut-être espérait-il que tout cela n'était qu'un cauchemar et qu'à l'instant où il ouvrirait les yeux, tout s'arrangerait.

« Exact, dit-il. Mais le temps presse. Charon s'apprête à tuer un diplomate russe du nom de Boris Kusenov.

— J'ai entendu parler de lui », dis-je.

C'était vrai. J'avais aperçu ce nom dans le dernier journal que j'avais lu : sous des épluchures de pommes de terre.

« Si Kusenov meurt, tout est fichu, reprit Mac Guffin. Le rideau de fer retombera, la course aux armements reprendra, peut-être même y aura-t-il la guerre...

— C'est si grave que ça? s'étonna Tim.

— Je suis le seul à pouvoir l'arrêter. Je sais à quel moment Charon a prévu d'assassiner Kusenov. Et je sais comment. Il faut absolument que je téléphone.

— Je regrette, monsieur Mac Griffon, s'excusa Tim. Nous n'avons pas de téléphone.

— Pas de téléphone... »

Un instant, je crus que Mac Guffin allait tuer mon frère. Son histoire, il l'avait racontée en pure perte. Il serra les poings. Sans doute imaginait-il ses mains autour du cou de Tim.

« Il y a une cabine au coin de la rue », suggérai-je.

Mac Guffin avait oublié mon existence. Il se tourna vers moi, puis regarda le trou dans la vitre. On aurait dit un œil, et cet œil semblait me fixer.

« Dans la contre-allée, ajoutai-je pour être plus précis.

— Dehors... », murmura Mac Guffin en s'humectant les lèvres.

Je devinais son problème. S'il restait ici, Charon viendrait en personne l'abattre. Et cette fois, il ne se contenterait pas d'une simple balle ; il balancerait une grenade qui nous mettrait tous les trois hors service. Comme le téléphone. D'un autre côté, à peine Mac Guffin poserait-il un pied dehors qu'il deviendrait une cible ambulante. Et Charon ne le raterait pas une seconde fois.

Mac Guffin était homme à réfléchir mieux debout. Il se leva brusquement et traversa la pièce jusqu'à l'endroit où était accroché l'imperméable de Tim. C'était l'imperméable typique du détective privé, avec un grand col et une ceinture. A l'intérieur, Tim avait cousu une douzaine d'étiquettes au nom de Tim Diamant.

« Je vous achète votre imperméable cinquante livres, lança Mac Guffin.

— Mais vous avez déjà un manteau, objecta Tim.

— Il faut que je sorte d'ici sans être vu. »

Mac Guffin ôta son manteau. Dessous, il portait un costume qui avait dû être blanc. Là où les gens normaux rangent leur portefeuille, un étui à revolver gonflait l'étoffe de sa veste. Mac Guffin enfila l'imperméable et remonta le col pour dissimuler son visage. Enfin il se retourna.

« Que faites-vous ? »

Tim avait mis les mains devant les yeux.

« Vous disiez que vous vouliez sortir d'ici sans être vu », répondit mon frère.

Mac Guffin secoua la tête. Il sortit comme par magie un billet de cinquante livres qu'il jeta sur le bureau. C'est la plus jolie chose que j'aie vue de la journée. Tim ne perdait pas au change. L'imperméable ne lui avait coûté que dix livres dans une boutique de fripes, et c'était déjà trop cher.

Mac Guffin prit une longue inspiration, hésita une dernière seconde, et sortit. La porte se referma sur lui.

« Qu'en penses-tu ? » dis-je en me levant.

Tim rouvrit les yeux. Le billet était devant son nez.

« Cinquante livres ! s'exclama-t-il.

— Invite-moi à déjeuner !

— Non, pas de gaspillage ! »

Il se renversa d'un air satisfait sur son siège, et se mit à bercer le billet de cinquante livres entre ses mains. Il avait déjà oublié les paroles de Mac Guffin.

« Je me demande pour qui il travaille ? dis-je à voix basse.

— N'y pense plus, Nick, répondit Tim en empochant l'argent avec un sourire fier, comme s'il venait de le gagner. Ce n'est pas notre affaire. C'est parfois rentable de se tenir à l'écart.

— Ah bon ? Je croyais que tu avais du flair pour les ennuis ?

— Eh bien non, j'ai le nez bouché. Crois-moi, p'tit, je suis content de ne pas être mêlé à cette histoire. »

Je ramassai le manteau de Mac Guffin pour l'accrocher à la patère. Quelque chose tomba de la poche. C'était une clef, munie d'une étiquette en plastique portant ces mots inscrits en rouge : *Chambre 605 — Hôtel International — Londres.*

Je regardai la clef. Tim me regarda.

Que nous le voulions ou non, nous étions bel et bien mêlés à cette histoire...

2

FAITES DU BAZAR CHEZ TOBY

En fin de compte, j'aurais peut-être mieux fait d'émigrer en Australie.

J'avais onze ans quand mes parents avaient quitté l'Angleterre. Bien sûr, ils avaient l'intention de m'emmener avec eux. Mais je n'avais pas été plus loin que l'aéroport de Heathrow. Pendant que papa et maman étaient pris dans la bousculade des voyageurs à l'entrée de l'avion, je m'étais éclipsé par une autre issue et enfui en courant par le tapis roulant. Derrière moi, les turbines (et ma mère) rugissaient. Je ne m'étais arrêté qu'à la sortie de l'aéroport pour voir mes parents décoller — sans moi — à destination de l'Australie. Comme je regardais l'avion s'éloigner dans le soleil couchant, une grosse boule s'était coincée dans ma gorge. Mon chewing-gum. J'avais tellement ri que j'avais fini par l'avaler.

Seulement deux adresses figuraient alors dans mon carnet, dont celle du fabricant de carnets. Je m'étais rendu en métro à l'autre adresse : celle de mon grand frère, Herbert.

Il m'avait fallu une heure pour le persuader d'ouvrir sa porte, une semaine pour le convaincre de me laisser habiter avec lui, et environ dix-huit mois pour lui prouver que ce n'était pas une erreur. Pendant ce temps, j'avais résolu deux affaires criminelles à sa place. Peut-être avez-vous lu quelque chose sur *Le Faucon malté* ou *L'Ennemi public numéro deux*. Ce sont les deux plus grands succès de Tim. Mais il omet toujours de préciser que, sans son petit frère, il aurait continué de siffler dans un violon.

Ou plutôt d'essayer. Car Tim ne sait pas siffler. Quand il est de bonne humeur, il fredonne par le nez.

Ce matin-là, en tout cas, Tim ne fredonnait pas lorsque nous quittâmes le bureau à la recherche de Mac Guffin. Il était nerveux. Je ne l'en blâmais pas. Après tout, il se pouvait que Mac Guffin ait inventé la moitié de l'histoire, mais ce n'était pas son imagination qui avait transpercé la fenêtre de notre bureau.

« Tu es sûr que c'est ce qu'il faut faire, Nick?

— Nous allons simplement rendre ceci à Mac Guffin », répondis-je en agitant la clef dans ma main.

Nous avions déménagé deux mois plus tôt. Le loyer augmentait si vite qu'il prenait le froid de vitesse. C'est comme cela que nous avions débarqué à Camden. L'appartement avait quatre pièces, sans compter la salle de bains — l'architecte ne l'avait pas comptée non plus. Il fallait se doucher dans la cuisine. En fait, l'immeuble prenait tellement l'eau que, les jours de pluie, on pouvait se laver sans sortir de son lit.

La cabine téléphonique la plus proche se trouvait à quelques minutes à pied, en bas de la Grande Rue, dans un passage obscur qui s'appelait rue de la Peau. Tellement obscur que son architecte souffrait sûrement de myopie. La rue de la Peau ne menait nulle part. Au bout de vingt mètres, elle se heurtait à un mur de brique nue. Il n'y avait rien d'autre dans la rue de la Peau que cette cabine téléphonique rouge, tout au bout, sous le pont de chemin de fer. Et la cabine servait rarement car il passait un train toutes les six minutes, ce qui interdisait les longues conversations. A moins de hurler.

Au moment où nous approchions de l'impasse, un balayeur tourna le coin de la rue.

Il boitait et le balai abîmé, presque chauve, sur lequel il s'appuyait, martelait le trottoir. Le balayeur n'était pas en meilleur état que son outil de travail. Peut-être à cause de la chaleur. Le chariot de nettoyage était resté dans la rue de la Peau, ce qui m'intrigua. Pourquoi le balayeur ne l'emportait-il pas avec lui ? C'est alors que j'aperçus, au bout de l'impasse, Jake Mac Guffin dans la cabine téléphonique, le combiné coincé sous le menton.

« Il est encore là, dis-je.

— Oui, répondit Tim d'un air pincé. Mais regarde-moi ça. Ça fait à peine cinq minutes qu'il a mon imperméable, et il a déjà taché tout le devant.

— Quoi ? »

Je crus que j'allais me sentir mal. Les poils de ma nuque se hérissèrent (étrange... j'ignorais que j'avais des poils à cet endroit-là). J'oubliai le chariot de nettoyage et dépassai rapidement Tim. Mac Guffin tournait ses yeux vers moi, mais son regard était vide. Je levai la main vers la poignée de la porte.

« Attends une minute, dit Tim. Il n'a pas fini de parler. »

J'ouvris la porte.

Si, Mac Guffin avait fini de parler. Le téléphone était muet, et lui-même le serait bientôt pour

toujours. Ce qui maculait le devant de l'imperméable, c'était du sang, le sien. Charon était passé par là. Sur la vitre de la porte, je vis le trou par lequel la balle s'était frayée un chemin jusqu'au cœur de Mac Guffin. Le balayeur, qui n'était autre que Charon, s'était habilement esquivé.

Je restai bloqué derrière la porte pendant un moment à cause de Tim, qui restait pétrifié, la bouche ouverte, les yeux exorbités. Mac Guffin finit par basculer en avant et s'affaisser entre ses bras. Il vivait encore et s'efforçait de parler.

J'aurais pu entendre ce qu'il disait si un train n'avait choisi cet instant précis pour passer au-dessus de nos têtes. Pendant quelques secondes un vacarme assourdissant rebondit sur les murs de brique de l'impasse comme une balle de ping-pong. Je vis les lèvres de Mac Guffin remuer, je vis Tim hocher la tête, mais je ne saisis pas un seul mot de ses balbutiements. La porte vitrée me séparait d'eux. Quand je parvins enfin à me dégager, le train n'était plus là.

Mac Guffin non plus.

Tim le lâcha et l'agent secret s'effondra sur le bitume. Je voulus parler, mais mes lèvres étaient sèches. Je pris une inspiration et fis un nouvel essai : « Qu'a-t-il dit? demandai-je à mon frère.

— Bizarre.

— Bizarre ?

— Non. Bazar.

— Bazar ? C'est tout ?

— Non. Faites du bazar.

— Faites du bazar ou fête du bazar ?

— Je ne sais pas. Faites du bazar, je crois. Et puis...

— Répète ce que tu as entendu, Tim.

— Faites du bazar, cher ami.

— Cher ami ?

— J'ai mal entendu, soupira Tim tristement. Le train faisait un tel vacarme...

— Je sais ! dis-je en m'efforçant de ne pas m'énerver. Mais tu étais tout près de lui, Tim. Tu as dû entendre ses paroles.

— Je te l'ai dit... cher ami, ou chez Toby...

— Chez Toby ? Faites du bazar chez Toby ? C'est ça, Tim ? »

Le regard de mon frère s'éclaira.

« Oui, c'est ça, Nick ! Enfin... je suppose que c'était ça. Faites du bazar chez Toby ! Mais oui, ce sont exactement ses paroles ! »

Je jetai un coup d'œil dans la rue pour m'assurer qu'il n'y avait pas un bar ou un restaurant qui s'appellerait « Chez Toby ». Il n'y avait rien.

« Nous sommes dans une impasse, soupira Tim en baissant les yeux sur Mac Guffin, dont le visage commençait à prendre une teinte de fromage moisi.

« Eh, Tim, tu ne vas pas t'évanouir, hein ?

— Pas du tout ! protesta Tim d'un air indigné.

— Parce que, d'habitude, tu t'évanouis devant les cadavres.

— Ce n'est pas vrai.

— Tu as même tourné de l'œil quand ton poisson rouge est mort.

— C'était le chagrin ! »

Nous étions l'un en face de l'autre, devant le cadavre de Jake Mac Guffin qui gisait à moitié sur le trottoir. J'imaginais déjà le trait blanc que la police allait dessiner sur le sol. C'est curieux, les morts paraissent toujours tomber de la même façon. La police... mais oui, il fallait la prévenir, bien sûr.

Tim dut lire dans mes pensées, car il murmura : « La police. »

Je jetai un coup d'œil sur le combiné qui se balançait au bout du fil et sur la vitre transpercée.

« Tu veux qu'on les appelle ? proposai-je.

— Non. »

Je crois que Tim n'aurait jamais osé se servir de ce téléphone, même si sa vie avait été menacée.

« Allons-y à pied », décida mon frère.

Le commissariat se trouvait à sept ou huit cents mètres. Nous y allâmes moitié marchant, moitié courant. On aurait dit que nous faisions tout par moitié. Le trajet nous a pris une demi-heure. Tim voyait Charon partout : une femme poussant un landau, un contractuel, un homme qui attendait son bus... n'importe qui le paralysait de terreur. Au commissariat, il ne parla à l'agent de garde qu'après avoir vérifié qu'il avait bien dix doigts.

C'est curieux comme les postes de police se ressemblent tous : même odeur de peur, de désinfectant et de vieille peinture ; même décoration : des murs nus, quelques affiches décolorées et des fenêtres aux vitres opaques. Celui de Camden était à peu près aussi confortable qu'un réfrigérateur.

L'agent de faction écouta notre récit avec un sourire glacé, puis nous fit signe d'aller attendre dans une arrière-salle, pendant qu'il allait prévenir un supérieur. Je commençais à me demander si nous n'avions pas commis une erreur en venant ici. Et quand la porte s'ouvrit, je *sus* que c'était une erreur.

Le supérieur n'était autre que l'inspecteur-chef Snape.

Snape était une brute bâtie comme un taureau. Si quelqu'un avait eu la mauvaise idée d'agiter un drapeau rouge, nul doute qu'il l'aurait chargé. Snape avait ce teint rougeaud que l'on s'attend plutôt à voir sur les pièces de viande dans une boucherie. Il souriait rarement, comme si personne ne lui avait jamais appris à le faire. Et lorsque ses lèvres parvenaient à esquisser un rictus, ses yeux restaient plissés et froids. Tim avait autrefois servi dans la police, sous ses ordres, et Snape avait exigé sa démission au bout de six semaines. Depuis lors, nos chemins s'étaient croisés à deux reprises et nous avions regretté chaque fois de n'avoir pas pris une autre route.

Toutefois le pire, chez Snape, c'était son sous-fifre. Gorille serait un terme plus approprié. Boyle adorait la violence. J'ai vu un jour une photo de lui en tenue anti-émeute : bouclier, matraque, grenade lacrymogène, casque. Or cette photo avait été prise pendant un de ses jours de congé. Ça vous donne une idée du personnage. Boyle était un peu plus petit que Snape, avec sur la tête une toison noire et frisée qui lui descendait probablement jusqu'aux pieds une fois sa casquette retirée.

« Voyez qui est là ! sourit Snape. N'est-ce pas ce cher Tim Diamant ?

— Mais oui, c'est moi ! répondit finement Tim.

— Je le sais ! » gronda Snape, le regard luisant.

Il se rappelait peut-être le jour où, sur la base

d'un portrait-robot dessiné par Tim, toutes les forces de police du pays s'étaient lancées à la recherche d'un suspect doté de trois yeux et d'une bouche à l'envers.

« Je n'ai jamais rencontré un agent comme vous, dit Snape.

— Merci, Chef, répondit Tim avec un sourire.

— Ce n'est pas un compliment ! »

Le visage de Snape avait viré au rouge brique. Il tira une chaise à lui et s'y laissa tomber lourdement, avec un long soupir.

Boyle approcha.

« Vous vous sentez bien, Chef ?

— Oui, Boyle. Je me sens bien.

— Vous voulez que je... »

Boyle cligna de l'œil et fit un mouvement de la tête en direction de Tim.

« Non, ça va », l'arrêta Snape, à nouveau maître de lui.

Il jeta un coup d'œil à la feuille tapée à la machine qu'il tenait à la main.

« Qu'est-ce que c'est que ces âneries ? lança Snape. Des espions, des assassins, des cadavres dans les cabines téléphoniques !

— C'est la vérité, inspecteur », dis-je.

Ce qui me valut un regard foudroyant de Boyle.

« La vérité, je l'aurai, grogna le gorille.

— Non, Boyle, le retint Snape en secouant la tête d'un air las.

— Je peux utiliser le détecteur de mensonges, Chef.

— Non, Boyle. La dernière fois, vous avez provoqué un court-circuit. »

Tout ça commençait à me fatiguer. Nous étions venus au commissariat pour déclarer un meurtre, et on nous traitait comme si c'était nous qui l'avions commis.

« Écoutez, inspecteur-chef, dis-je. Si vous ne nous croyez pas, venez avec nous. Nous vous montrerons le cadavre.

— Rue de la Peau, hein ? grimaça Snape en agitant le papier.

— Exactement, confirma Tim. C'est à dix minutes à pied.

— Ou à cinq minutes en voiture », suggérai-je.

J'avais eu assez d'exercice pour la journée.

Snape réfléchit.

« Très bien, dit-il enfin. Nous allons jeter un coup d'œil. Mais je vous préviens, jeunes gens, si vous me faites perdre mon temps... »

Je n'étais encore jamais monté dans une voiture de police, et j'avoue que ce fut assez décevant. Snape ne dépassa pas le cinquante à l'heure, il ne mit pas la sirène en marche, et la seule lumière qui clignotait était le voyant de la jauge d'essence. A notre arrivée rue de la Peau, les événements nous avaient devancés. Je n'en fus guère surpris.

Snape gara la voiture et tout le monde descendit. Tim et moi marchions quelques pas en arrière. Snape tourna le coin de la rue le premier, suivi de Boyle. Chacun de nous s'immobilisa en même temps.

« Alors ? » lança Snape.

La bouche de Tim s'affaissa.

« Il n'est plus là », constata-t-il.

En effet, le corps de Mac Guffin avait disparu. Mais ce n'était pas le plus étrange.

La cabine téléphonique, elle aussi, avait disparu.

3

SERVICE D'ÉTAGE

« Je ne crois pas que Snape ait cru mon histoire, remarqua Tim.

— Qu'est-ce qui te fait penser ça, Tim ? »

On venait de nous jeter en prison pour avoir fait perdre son temps à la police. Nous étions assis sur deux bancs, dans une petite cellule carrée, éclairée par une ampoule nue. Les bancs étaient en bois et très étroits. Nous étions enchaînés au mur comme des bicyclettes. Ils craignaient peut-être que quelqu'un nous vole.

Snape n'avait pas cru un seul mot de notre histoire, mais pour une fois je ne pouvais pas l'en blâmer. Soyons justes. Vous arrive-t-il souvent de tomber sur des agents secrets qui vous prennent votre imperméable avant d'aller se faire tuer, et disparaissent comme par magie en emportant avec eux une cabine téléphonique? Tim lui-même avait du mal à le croire.

« Quelqu'un a peut-être volé la cabine, marmonna mon frère.

— Et le cadavre?

— Non, ce n'est pas le cadavre qui a volé la cabine. Le cadavre était mort, Nick. »

Un objet dur pointait dans ma poche. En changeant de position, je m'aperçus que c'était la clef d'hôtel. Dans l'excitation des dernières heures, je l'avais complètement oubliée. J'aurais pu la montrer à Snape, mais je ne pensais pas que cela aurait servi à grand-chose. L'Hôtel International aurait probablement disparu, lui aussi.

J'examinai la clef. Il fallut un certain temps à Tim pour réaliser ce que c'était. Enfin il émit une sorte de grognement.

« Nous devons aller là-bas, Tim. Chambre 605.

— Pourquoi?

— Tu as entendu ce qu'a dit Mac Guffin. Si ce Russe est assassiné, ça risque de déclencher une guerre nucléaire. La fin du monde, Tim!

— Mac Guffin a sûrement exagéré.

— En tout cas, quelqu'un l'a cru.

— Comment le sais-tu ?

— On l'a tué. »

Un long silence suivit, le temps que mes paroles pénètrent dans le cerveau de mon frère. La clef se balançait doucement. Comme le doigt manquant de Charon, peut-être. Tim la fixait d'un regard maussade. Il réfléchissait. Cette affaire nous dépassait, et elle comportait sûrement de nombreux dangers. Comment allais-je convaincre mon frère de poursuivre l'enquête ?

« Cette affaire est à la mesure de Tim Diamant, dis-je.

— Tu crois ?

— Bien sûr. C'est une enquête qui demande de l'intelligence, de l'imagination, de l'audace... » Je le voyais peser chacun de mes mots. « Ce sera ton plus grand succès.

— Tu as peut-être raison, dit Tim avec un sourire qui s'élargissait. Une affaire pour Tim Diamant. Oui... Je sens que notre situation va s'améliorer très vite. »

Tim se renversa en arrière contre le mur. Malheureusement il n'y avait pas de mur derrière le banc. Il poussa un petit cri et bascula cul par-dessus tête.

« C'est un départ foudroyant, Tim. »

Snape nous libéra le lendemain matin, après

un dernier sermon sur les petits malins qui gaspillent le temps de la police. Il n'avait pas daigné gaspiller en plus un petit déjeuner, et notre première visite fut pour le *Mac Do* le plus proche. Après quoi, l'estomac brouillé par quelques aigreurs, nous prîmes le bus pour aller à l'Hôtel International.

C'était un de ces immenses blocs de vingt-sept étages, animé par un flot incessant de touristes. Nous étions en pleine saison estivale, et l'établissement débordait de Japonais, d'Allemands et de Scandinaves qui gesticulaient et cherchaient désespérément quelqu'un parlant leur langue pour leur indiquer le chemin du grand magasin Harrods. Le hall, tout en marbre et plantes vertes, ressemblait à un hall d'aéroport, à cette différence près que seuls les prix s'envolaient. Pour huit cents francs, vous aviez droit à une chambre. Pour neuf cents, vous aviez une chance qu'on vous apporte le petit déjeuner sur un plateau.

Personne ne chercha à nous barrer le chemin. L'ascenseur nous hissa jusqu'au sixième étage. Le couloir était désert. Je déteste les couloirs d'hôtel : ils ont trop de portes et ne mènent nulle part. La moquette était d'un rose mollusque.

« Ça va, Tim ? demandai-je, conscient de la nervosité qui le gagnait.

— Super. »

Apparut alors une femme de chambre poussant un chariot de service. Avant que j'aie pu le retenir, Tim plongea tête la première dans un placard à balais. Je souris poliment à la femme de chambre qui poursuivit son chemin. Tim ressortit la tête du placard.

« Ce n'était pas Charon, Tim, le rassurai-je.

— Comment le sais-tu?

— Cette femme de chambre est chinoise, elle a soixante-dix ans et tous ses doigts. »

Tim se releva en époussetant son pantalon, avant d'ajouter : « Je savais bien que ce n'était pas Charon. J'ai seulement voulu fouiller le placard pour voir s'il ne s'y cachait pas. »

La porte de la chambre 605 ressemblait à toutes les autres portes. Pourquoi alors me paraissait-elle si solide, si menaçante? Je tendis la clef à Tim.

« Tu veux que je l'ouvre?

— Oui, Tim, ouvre la porte.

— Mais on ne sait pas ce qu'il y a de l'autre côté.

— C'est bien pour ça qu'il faut l'ouvrir. »

Je frappai quand même, par précaution. Puis je m'écartai pour laisser Tim tourner la clef. Nous nous glissâmes rapidement dans la chambre et je refermai la porte derrière nous. Et voilà. Nous étions dans la chambre de Jake Mac Guffin. Je me demandai s'il faudrait longtemps au personnel de l'hôtel pour s'apercevoir qu'il avait fait ses valises. Définitivement.

Il n'y avait personne. Je ne sais pas à quoi je m'attendais, mais ce n'était qu'une chambre d'hôtel banale : lits jumeaux, salle de bains et télé couleur. On jouissait d'une belle vue sur Hyde Park mais les fenêtres ne s'ouvraient pas, ce qui évitait aux clients de se jeter dans le vide en recevant la note. Bien entendu, les lits n'avaient pas été défaits. Quelques affaires de Mac Guffin étaient éparpillées çà et là : deux cravates sur le dossier d'une chaise, un stylo sur la table, une valise sur le support près de la porte.

« Il n'y a personne, constata Tim.

— Parfait. Mettons-nous au travail. »

Je commençai par la valise, mais n'y trouvai rien d'intéressant, seulement quelques chemises, des chaussettes et des mouchoirs. Pendant ce temps, Tim fouillait la penderie.

« Nick ? s'exclama-t-il soudain.

— Oui, Tim ?

— Que cherchons-nous ? »

Bonne question. Mais il aurait pu la poser avant de commencer. Je refermai la valise.

« Nous devons essayer de découvrir pour qui travaillait Mac Guffin, et les endroits où il s'est rendu, répondis-je. Tout ce qui peut nous conduire à Charon. Noms, adresses, numéros de téléphone...

— Oui, bien sûr, acquiesça Tim en examinant une pochette d'allumettes posée dans un cendrier, à côté du lit. Londres International... j'ai déjà lu ce nom quelque part.

— Rien d'étonnant, c'est le nom de l'hôtel où nous sommes.

— Exact. »

Tim reposa la pochette d'allumettes et regarda sous les oreillers. J'ignore ce qu'il espérait trouver là, mais je m'abstins de lui poser la question.

Pendant ce temps, je m'étais approché de la table basse, sous le miroir du mur opposé. Il n'y avait que deux choses dessus. La première était un journal, ouvert à la page cinq, où quelqu'un (sans doute Mac Guffin) avait entouré une photo d'un trait bleu. La photo montrait un homme d'âge moyen, avec un sourire pincé et un costume très cher. Il portait une de ces moustaches qu'arborent les hommes peu dignes de confiance. La légende indiquait son nom : Ernest Lemon. C'était un promoteur immobilier.

L'autre objet posé sur la table était un ticket. Mais il donnait peu d'informations. Seulement un numéro : 86, et un nom : Amstel Ijsbaan. Un étranger sans doute. Des mots français avec un double a, je n'en connais pas. Une petite illustration ornait l'un des coins du ticket : une paire de patins à glace.

« Tim, viens voir ! »

Je tendis le ticket à Tim, qui l'examina.

« Tu crois qu'il était patineur ? demanda Tim.

— Qui ? Mac Guffin ? Non, je ne pense pas. Ce n'était pas son genre.

— Tu as raison, acquiesça Tim. Il n'avait pas de collant à paillettes. »

Je repris le ticket et dis : « Il devait peut-être rencontrer quelqu'un là-bas.

— Amstel Ix-baan... Ijsbaan, marmonna Tim en jouant avec le mot. Tu crois que c'est une pièce de théâtre ?

— Ce n'est pas un titre très alléchant. »

Tout à coup, on frappa à la porte. Je me figeai. Quelqu'un cherchait à tourner une clef dans la serrure et mon intuition me soufflait que ce n'était pas le service d'étage. « Vite, Tim ! » dis-je à voix basse en indiquant d'un geste la salle de bains. La porte de la chambre s'ouvrit au moment où nous disparaissions. J'avais gardé le ticket à la main.

Deux hommes entrèrent dans la chambre. Je pouvais les voir car j'avais laissé la porte de la salle de bains entrebâillée. Le premier était mince et pâle, la trentaine environ, vêtu d'un costume sombre. Ses cheveux étaient si ras qu'on voyait la peau bouger sur son crâne. Le deuxième homme était sa parfaite réplique. Ils n'étaient peut-être pas jumeaux, mais leur travail, quel qu'il fût, les avait rendus identiques. Ils portaient exactement les mêmes lunettes de soleil.

« C'est bon, Ed, dit le premier. A toi de jouer.

— D'accord, Ted. »

Ed avança pour prendre la valise de Mac Guffin et commença à y entasser des affaires. Cravates, stylo, tout ce que Mac Guffin avait laissé traîner. Pendant ce temps, Ted avait sorti un émetteur radio de la poche de sa veste et parlait tranquillement avec quelqu'un posté à l'extérieur.

« Red ? C'est Ted. Je suis avec Ed. Attends-nous avec Ned. Nous en avons pour cinq minutes. » Il éteignit son émetteur, puis ajouta à l'attention de Ed : « Dépêchons-nous ! » Il avait un léger accent américain, pourtant j'avais l'impression qu'il était anglais.

« Qui est-ce ? » chuchota Tim, serré contre moi pour regarder par l'entrebâillement de la porte.

— Ed, Ted, Red et Ned », lui soufflai-je à l'oreille. Que pouvais-je lui répondre d'autre ?

« Je vais jeter un coup d'œil dans la salle de bains », annonça Ed.

Il se dirigeait déjà vers la porte. J'eus tout juste le temps de saisir Tim, de le pousser dans la baignoire et de tirer le rideau de douche. Ed rassembla les affaires de toilette de Mac Guffin posées sur la tablette du lavabo, sa brosse à dents, son rasoir. Deux millimètres de toile plastifiée nous isolaient de lui. Collé contre moi, Tim avait l'air de pleurer. Je me demandai ce qui le chagrinait ; je compris en levant les yeux : la douche gouttait sur son nez.

Ed s'en alla. Je sortis de la baignoire pour m'approcher à nouveau de la porte. Mon frère s'était armé d'une brosse à long manche.

Les deux hommes avaient nettoyé la chambre. Toutes les affaires de Mac Guffin étaient dans sa valise, et la valise dans la main de Ted. Les choses auraient pu en rester là. Ils auraient pu quitter la chambre sans jamais rien savoir de notre présence. Mais Tim avait laissé la clef de la chambre sur le lit.

Je l'aperçus une fraction de seconde avant Ted.

« Ed ! s'écria-t-il.

— Quoi ?

— Le lit ! »

Ed se retourna, aperçut la clef sur l'édredon,

et les deux hommes pivotèrent d'un même mouvement vers la salle de bains. Ted plongea la main dans sa poche. Je faillis m'étrangler. Il venait de sortir un revolver de quinze centimètres, plus dix centimètres de silencieux. Nous n'aurions même pas entendu les balles nous tuer. Ce n'était d'ailleurs pas plus mal. Tim n'a jamais aimé le bruit.

Ted se mit à avancer vers la salle de bains. Son arme allait arriver avant lui, et je ne me sentais capable de discuter ni avec l'un ni avec l'autre. La situation était critique. J'étais acculé dans une salle de bains avec un frère qui tremblait de peur, une brosse à dos en guise d'arme, et il n'y avait pas d'issue.

Tout à coup, la porte de la chambre s'ouvrit. Ted fit disparaître son arme à la vitesse d'un éclair, au point qu'il aurait pu se planter le canon entre deux côtes s'il avait raté l'étui. La femme de chambre chinoise avait choisi son moment pour entrer en scène. La chère femme parut un peu surprise en découvrant les deux hommes.

« Excusez-moi, dit-elle. J'apporte des serviettes propres. »

Je compris qu'il était temps d'agir. Saisissant des serviettes près du lavabo, je sortis de la salle de bains, suivi de Tim, sans même jeter un regard aux deux hommes. Je savais qu'il fallait faire vite. La façon dont Ted avait caché son arme prouvait qu'il ne voulait pas déclencher une fusillade en présence d'un témoin. Je ne lui laissai pas le temps de changer d'avis, et passai devant eux en feignant d'être un employé de l'hôtel.

« Voilà les vieilles serviettes, dis-je.

— Oui, renchérit Tim. Elles sont très vieilles. »

Je jetai les serviettes aux deux hommes et m'élançai.

Tim sur mes talons, je sortis de la chambre et filai dans le couloir. Je savais que Ted et Ed nous pourchassaient. Je les avais entendus pousser un juron et maintenant j'entendais leurs pas sur l'épaisse moquette. Le couloir paraissait interminable et, bien entendu, je ne me rappelais plus le chemin de l'ascenseur. Je songeai à faire volte-face pour affronter nos agresseurs, mais l'idée me parut mauvaise. Trouver des gens. Voilà ce que me dictait mon instinct. Dans la foule, tu seras en sécurité.

La chance était avec moi car l'ascenseur arriva sur le palier en même temps que nous. La porte s'ouvrit. Je plongeai à l'intérieur et écrasai mon doigt sur un bouton au hasard. Je voulais seulement que la porte se referme avant que Ed et Ted nous rejoignent. Mais la porte mettait un temps fou à bouger, et je m'aperçus que Tim s'appuyait dessus. Je l'écartai brutalement, la porte se referma et l'ascenseur s'ébranla avec un léger bourdonnement. En réalité, ce n'était pas l'ascenseur qui bourdonnait. C'était Tim. De soulagement, j'imagine.

Au cinquième étage, la porte se rouvrit. Ed et Ted nous attendaient, un mince sourire glacial sur leurs lèvres pincées (si pincées qu'on ne les voyait plus). Ils étaient tout simplement descendus par l'escalier pour nous rattraper, et maintenant ils entraient tout simplement dans l'ascenseur. Tandis que la porte se refermait derrière eux, je me demandai combien de balles ils auraient le temps de nous mettre dans le corps avant le rez-de-chaussée. Bien entendu, Tim et moi allions continuer vers l'étage inférieur : six pieds sous terre.

A la dernière seconde, un parapluie se planta dans l'entrebâillement de la porte, qui se rouvrit automatiquement pour laisser entrer une dame vêtue d'un manteau de fourrure. Ed et Ted froncèrent les sourcils d'un air mauvais. Un autre témoin : justement ce qu'ils ne voulaient pas.

L'ascenseur descendit un nouvel étage et s'arrêta.

Tim tapota l'épaule de la dame en fourrure : « Vous ne descendez pas là, j'espère ? »

Elle lui jeta un regard ahuri. Visiblement, elle le prenait pour un fou. En ce qui me concerne, je ne suis pas fou des manteaux de fourrure, mais je priai pour que la dame reste avec nous. Si elle n'avait pas porté bonheur aux quelque trente visons qui lui tenaient chaud, au moins pourrait-elle sauver notre peau. Tant que la dame serait dans l'ascenseur, Ted et Ed ne pourraient rien faire.

La dame ne descendit pas. Bien mieux, deux Japonais et une religieuse entrèrent, s'interposant entre les jumeaux à lunettes de soleil et nous. La porte se referma.

« Ça commence à se peupler, me chuchota Tim.

— Pas assez, répondis-je.

— Il reste encore trois étages. »

L'hôtel était bondé. Lorsque l'ascenseur atteignit le hall, un musicien, deux touristes américains, un rabbin, cinq stewards, une gouvernante avec un bébé braillard, et une famille entière d'Allemands, plumes au chapeau et culottes de peau, nous avaient rejoints. La foule se déversa hors de la cabine, et nous avec.

Tim et moi nous élançâmes aussitôt à travers

le hall, en évitant les valises et en glissant sur le sol de marbre. Arrivé devant la porte à double battant, je risquai un coup d'œil en arrière. Ted et Ed semblaient avoir abandonné la poursuite. Ted avait sorti son émetteur radio. Cela n'augurait rien de bon, mais je n'avais pas le temps de chercher à comprendre pourquoi.

Nous nous jetâmes dehors. Une multitude de gens déambulaient sans but sous le soleil matinal. Un taxi noir, sorti de nulle part, roulait vers nous. Je l'arrêtai d'un geste.

« Où allons-nous ? demanda Tim.

— N'importe où », répondis-je.

J'ouvris la portière et montai. « Camden Town », indiqua Tim au chauffeur. Je me retournai pour essayer d'apercevoir Ted et Ed parmi la foule. Ils étaient bien là, devant l'hôtel. Ils nous avaient vus monter dans le taxi et pourtant ils ne faisaient rien pour nous arrêter.

Un mauvais pressentiment me noua l'estomac, qui n'avait rien à voir avec le mal au cœur. Le chauffeur vira à gauche, puis à droite, ce qui était bizarre puisque, pour aller à Camden Town, il aurait fallu tourner à droite, puis à gauche.

« Ce n'est pas le bon chemin, dis-je.

— Quoi... ? » commença Tim.

Le chauffeur pressa un bouton et les portières

se verrouillèrent automatiquement. Puis il écrasa l'accélérateur et prit un virage brusque qui nous plaqua contre la banquette.

Le taxi ne se dirigeait pas du tout vers Camden Town. Nous étions en route vers une destination inconnue, pour une balade sans retour. Une chose était sûre, en tout cas. Le chauffeur n'aurait pas de pourboire.

4

NUMÉRO DIX-SEPT

Le taxi gagna le centre de Londres, descendit Oxford Street et s'enfonça dans le quartier miteux de Covent Garden. Loin de l'Opéra, du square et des magasins chics. Le Covent Garden des bureaux anonymes, des boutiques sans clients et des poubelles oubliées par les éboueurs. Le taxi tourna ensuite dans Kelly Street, une rue sans aucun intérêt qui allait de nulle part vers nulle part, et s'arrêta devant le numéro dix-sept. C'était un immeuble décrépit en briques rouges, à quatre étages. Encore quelques mois et il ne serait plus qu'un immeuble décrépit en briques rouges, à *trois* étages. Ça vous donne une idée de son état.

La bâtisse paraissait pourrir lentement de haut en bas.

Des portes vitrées donnaient sur une salle déserte, qui avait dû être jadis un magasin. Maintenant on n'y vendait plus que de la poussière.

« Descendez! »

Le chauffeur de taxi n'était pas loquace. Un mot lui suffisait pour s'exprimer, alors qu'un « au revoir » ou un « merci » m'auraient contenté. En l'examinant de plus près, je m'aperçus qu'il avait été fabriqué dans la même chaîne d'assemblage que ses copains Ted et Ed. Peut-être était-ce Red, celui avec qui ils avaient communiqué par l'émetteur radio. Il possédait aussi le même revolver, et le pointait sur nous de la même façon.

Les portières une fois déverrouillées, nous sortîmes du taxi pour nous approcher des portes vitrées. Pas un passant en vue dans Kelly Street. Ça m'ôta l'envie de m'échapper. J'hésitai, mais pas longtemps.

« Enlèvement et assassinat, dis-je. Vous croyez pouvoir vous en sortir avec ça?

— Sans compter que vous êtes garé en stationnement interdit, renchérit Tim.

— Avancez », ordonna le chauffeur avec un mouvement de revolver.

Il nous guida dans un couloir qui menait à une cage d'escalier sans moquette. Le ciment était froid sous les pieds et, tout en montant, je me demandai qui (ou quoi) nous attendait là-haut. Un extincteur d'incendie rouillé était fixé au mur. Le chauffeur en tourna la manette. Je crus qu'il était devenu fou : il n'y avait pas de feu, et d'ailleurs, rien ne sortit de la bouche de l'extincteur. Et puis je compris : une partie du mur s'ouvrit. La manette de l'extincteur était la poignée d'une porte secrète.

« Très futé, remarquai-je. Mais que faites-vous en cas d'incendie? »

Le chauffeur nous fit signe de passer. De l'autre côté, il y avait un monde fou.

Des gens partout. Devant l'entrée, une jolie réceptionniste répondait aux appels sur un standard téléphonique encore plus joli qu'elle. Je n'avais pas vu autant de lumières scintiller depuis Noël. Cinq ou six bureaux étaient disposés de chaque côté de l'aire centrale, où se croisaient des costumes, avec des hommes dedans. Des téléphones sonnaient dans tous les azimuts et des voix chuchotaient, comme si elles avaient eu peur d'être entendues.

« Tim... ! »

Je lui donnai un coup de coude pour attirer son attention. Une autre porte venait de s'ouvrir sur un laboratoire où s'agitait toute une panoplie d'experts en blouses blanches. Mais pas besoin d'un microscope pour deviner à quoi ils travaillaient. Ils s'affairaient autour de la cabine téléphonique de l'impasse et la désossaient pièce par pièce. L'un des experts vaporisait la vitre avec une sorte de poudre tandis qu'un autre dévissait le récepteur du téléphone. Je n'en vis pas plus, car le chauffeur de taxi me poussa avec le canon de son revolver pour me faire avancer vers la porte située à côté du standard. « Entrez », ordonna-t-il.

Nous entrâmes. C'était un bureau ordinaire, avec une table de travail, un écran d'ordinateur, quelques fauteuils en cuir et une lumière aussi douce que la moquette. Derrière le bureau était assis un homme âgé, dont les cheveux gris étaient assortis à la haute fonction. Il était noir, vêtu d'un costume trois-pièces et d'une vieille cravate d'université. Il avait des gestes lents, mais ses petits yeux gris étaient vifs. Le genre à résoudre une grille de mots croisés quatre étoiles avant même que vous ayez eu le temps de lire la première définition.

« Veuillez vous asseoir, commença-t-il. Je suis à vous dans une minute. » Il pianota un moment sur le clavier de son ordinateur. Comme l'écran était orienté vers lui, je ne pouvais rien voir, mais Tim s'était glissé sur l'extrême bord de son siège et se tordait le cou par-dessus le bureau. L'homme s'en aperçut et cessa de taper sur le clavier.

« Quelque chose ne va pas? s'enquit-il.

— Vous tapez avec deux doigts seulement, répondit Tim.

— En effet, dit l'homme avec un sourire, en levant ses deux mains. Mais j'ai la collection complète. Ainsi donc, vous êtes au courant pour Charon ?

— Peut-être...

— Bien sûr que vous êtes au courant, monsieur Diamant. Car vous êtes bien Tim Diamant, je présume ?

— Comment le savez-vous ? sursauta Tim.

— Simple déduction. Nous avons trouvé plusieurs étiquettes à l'intérieur de l'imperméable que portait Mac Guffin lorsqu'il a... quitté la compagnie. » La formule me fit sourire malgré moi. « Je suppose qu'il a échangé son manteau contre le vôtre afin d'échapper à Charon. C'était bien le genre d'astuces de Mac Guffin. Ensuite vous avez trouvé la clef de la chambre d'hôtel dans *sa* poche. Je me trompe ?

— Continuez », murmura Tim.

Mon frère perdait pied. Il le savait, je le savais, l'homme assis derrière le bureau le savait, mais nous étions tous trop polis pour le faire remarquer.

« J'ai votre fiche signalétique sur l'écran, poursuivit notre hôte. Tim Diamant. Détective privé. Camden Town. Mais vous, jeune homme, vous ne figurez pas dans mes dossiers.

— Je suis le frère de Tim, répondis-je.

— Ah, dit l'homme en pianotant sur son clavier.

— Nick Diamant. Voulez-vous que j'épelle ?

— Je crois pouvoir y arriver, merci.

— Arriver à quoi ? intervint Tim. Au fait, quel est votre travail, monsieur... ?

— Je m'appelle Waverly, dit aimablement le vieux monsieur. Je suis le directeur de cette organisation.

— Quelle organisation ?

— Je parie que vous avez entendu parler du M.I.6 ? dit Waverly.

— J'y ai roulé en voiture, répondit Tim.

— Non, je ne parle pas de M 6, l'autoroute de Birmingham. Je parle de l'Intelligence. »

Le visage de mon frère s'éclaira.

« Question d'intelligence, vous avez devant vous l'homme qu'il vous faut ! claironna Tim.

— Il s'agit de l'Intelligence Service ! Le service de renseignements de l'armée, expliqua Waverly.

— L'espionnage, ajoutai-je.

— Mac Guffin était un de mes agents, poursuivit Waverly. Il pourchassait un tueur connu sous le nom de Charon. J'ignore combien vous en savez à son sujet, mais Charon a un contrat pour assassiner un diplomate russe qui s'appelle Kusenov.

— Comment le savez-vous ? » demandai-je.

Au moment où j'ai posé cette question, je ne pensais pas qu'elle était si importante. Je voulais savoir, c'est tout. Mais j'avais sans le vouloir touché un point sensible, car tout à coup Waverly ressembla moins au chef des services secrets britanniques qu'à un vendeur de voitures d'occasion roulé par un client.

— La façon dont je l'ai appris n'a aucune importance », se défendit-il.

Mais je compris que, au contraire, c'était d'une importance cruciale. Waverly avait quelque chose derrière la tête, et quoi qu'il eût décidé de nous confier, il ne nous le dirait pas.

« La seule chose qui compte, c'est que Charon ne tue pas Boris Kusenov sur le sol britannique.

— Et s'il reste sur le carreau ? » suggéra Tim.

Waverly avala difficilement sa salive. Il avait pâli. S'il était noir au début de l'entretien, Tim l'avait rendu apte à s'engager dans le Ku Klux Klan.

« Nous devons faire en sorte que Kusenov ne soit pas abattu pendant son séjour en Grande-Bretagne, répéta Waverly en choisissant ses mots avec soin. Son assassinat aurait des répercussions internationales. Aussi il est essentiel que vous me rapportiez ce que vous a confié Mac Guffin.

— Il ne nous a pas raconté grand-chose, répondis-je.

— C'est exact, acquiesça Tim. Mac Guffin voulait utiliser notre téléphone mais nous n'en avons pas. Alors il est allé téléphoner dans la cabine de l'impasse. » Il indiqua le laboratoire d'un mouvement du pouce. « Heureusement que vous n'aviez pas enlevé la cabine avant son passage.

— Nous avons emporté la cabine téléphonique *après* le meurtre de Mac Guffin, monsieur Diamant, dit Waverly. Mac Guffin nous a appelés pour nous dire où il se trouvait. On l'a tué à ce moment-là. Nous avons démonté la cabine pour y chercher des indices.

— Vous en avez trouvé ? demandai-je.

— Pas encore. Mais il a sûrement laissé quelque chose. Mac Guffin était un agent plein de ressources. Un homme secret, un solitaire, mais qui aurait tout fait pour nous laisser un message. »

Il y eut un silence. J'échangeai un regard avec Tim. Waverly nous cachait peut-être quelque chose, mais nous devions lui dire ce que nous savions. Après tout, il était le chef des services secrets, et donc de notre côté.

« Faites du bazar chez Toby, dis-je.

— Comment ?

— Ce sont ses dernières paroles, expliqua Tim.

— C'est tout ? Ça n'a aucun sens. »

Waverly tapa la phrase sur le clavier de son ordinateur, puis pressa la touche qui allait l'expédier dans la mémoire centrale. Il y eut quelques bips et il pressa une autre touche.

« Ça ne donne rien, murmura Waverly.

— Eh bien, si nous ne pouvons rien faire de plus pour vous..., commença Tim en se levant.

— Asseyez-vous, je vous prie, monsieur Diamant. »

Les mots avaient jailli comme des flèches. M. Waverly n'avait plus vingt ans mais il était encore dangereux. Un retraité que je n'aurais eu aucune envie d'aider à traverser la rue. Avec ses relations, il pouvait faire déplacer la chaussée.

Pendant près d'une minute, il réfléchit en silence. M. Waverly avait des projets pour nous. Je les voyais prendre forme dans ses doux yeux gris, plus vite que des signaux informatiques. Enfin il allongea le bras pour presser le bouton de l'interphone.

« Mademoiselle Jones, voulez-vous apporter à boire à mes invités, s'il vous plaît? »

Puis il pivota de nouveau pour consulter une dernière fois son écran, en expliquant :

« Je vérifie encore votre dossier.

— Mon dossier? Pourquoi, monsieur Lazerly? s'étonna Tim.

— Eh bien..., répondit Waverly avec un sourire. Je ne me rendais pas compte que je me trouvais en face d'un des plus célèbres détectives privés de Londres.

— Vous êtes certain de ne pas vous tromper de dossier? » lui fis-je observer.

Tim me foudroya du regard mais s'abstint de tout commentaire.

« J'ai une proposition à vous faire, reprit le chef des services secrets. J'aimerais que vous travailliez pour moi. Nous devons retrouver Charon et vous pouvez nous y aider.

— Une petite minute..., protesta Tim.

— Le temps presse, monsieur Diamant, l'interrompit Waverly. Boris Kusenov arrive en Angleterre dans quelques jours et nous n'avons plus aucune piste. Aucun contact avec Charon... Sauf vous.

— Moi? couina Tim.

— Charon sait que Mac Guffin vous a parlé avant de mourir. Quand il apprendra que vous travaillez pour mon service, il se sentira menacé.

— Comment l'apprendra-t-il? demandai-je.

— Nous ferons en sorte qu'il le découvre. »

Je n'arrivai pas à le croire. La phrase de Waverly repassa plusieurs fois dans ma tête et j'en compris tout le sens : c'était une véritable sentence de mort. Nous allions servir d'appât dans le piège tendu à Charon. Si ça tournait mal, Waverly n'enverrait sûrement pas de couronne à notre enterrement.

Même Tim en arriva à cette conclusion.

« Vous ne pouvez pas faire ça! protesta mon frère. Je ne suis pas un agent secret...

— Maintenant, vous l'êtes », décréta Waverly.

La porte s'ouvrit. Mlle Jones entra avec un plateau. C'était une petite femme boulotte, coiffée d'un chignon. Je la remarquai à peine. Sur le plateau, il y avait deux verres remplis d'un liquide vert presque lumineux. Sûrement pas du jus de pomme.

« Vous devez avoir soif, remarqua Waverly.

— Pas jusqu'à maintenant, répondis-je.

— Buvez, je vous en prie... »

C'était un ordre, pas une invitation, et j'eus le désagréable pressentiment que nous aurions des ennuis si nous refusions. Remarquez, je savais que de toute façon nous aurions des ennuis. Nous n'avions pas le choix. Je levai mon verre.

« A la vôtre ! lança Tim.

— A la nôtre, tu veux dire. »

Je bus.

La boisson avait un goût sucré et mentholé, qui rappelait un peu le dentifrice. Je commençai à en ressentir les effets avant même de l'avoir avalée.

« Je peux vous donner un élément d'information pour la tâche qui vous attend », reprit Waverly. Sa voix me parvint de très loin. Je le voyais rétrécir derrière son bureau, comme si mon œil avait été fixé sur le mauvais bout d'un télescope. « Mac Guffin ne travaillait pas seul. Il était en contact avec les services secrets hollandais...

— J'ignorais que les Hollandais avaient un service secret, marmonnai-je d'une voix pâteuse.

— C'est dire combien il est secret ! Nous ne connaissons même pas le nom de l'agent avec qui

Mac Guffin travaillait. Mais il a un numéro : 86. Vous vous en souviendrez ?

— 68, dit Tim.

— 89, rectifiai-je.

— 86 », me corrigea Waverly.

La pièce tournoyait. Maintenant je savais ce que ressentait le trou qui est au centre d'un disque. A une différence près : au lieu de la musique, c'était la voix de Waverly que j'entendais. Et ses paroles s'emmêlaient, rebondissaient en écho autour de moi.

« Vous devez vous débrouiller tout seul, Diamant. Tout seul... tout seul... tout seul... tout seul...

— Où est Nick ? s'inquiéta mon frère.

— Par terre », répondis-je.

Une seconde plus tard, la moquette me sauta à la figure.

5

LES OISEAUX

Ce qui peut vous arriver de pire après avoir été mis K.-O., c'est de vous réveiller. Ça ne ressemble en rien à un réveil ordinaire. Vous ouvrez les yeux mais vous ne voyez rien. Vous avez mal à la tête, et l'impression que quelqu'un s'est servi de votre langue pour essuyer la vaisselle.

Cinq minutes après avoir ouvert les yeux, je trouvai la force de bouger le cou. J'ignorais quelle mixture Waverly avait versée dans nos verres, mais elle était puissante. J'étais allongé sur la banquette, dans le bureau de Tim. Un bouledogue grognait, assis derrière le bureau. Je fermai un œil pour mieux voir. Ce n'était pas un bouledogue. C'était Tim. Il ronflait.

Depuis combien de temps étions-nous là? J'avançai en titubant jusqu'à la fenêtre pour aérer la pièce, mais il faisait tellement chaud que ce fut comme si l'air décidait de rester à l'extérieur. Le soleil me frappa entre les deux yeux comme un énorme poing jaune. Je fis claquer bruyamment ma langue et parvins à convaincre une bouffée d'air de s'infiltrer dans mes poumons. Ça sentait le pot d'échappement. Un gémissement douloureux s'éleva derrière moi. Tim commençait à se réveiller. Je collai ma montre sur mon œil. Quatre heures et demie. En supposant que nous étions le même jour, nous avions perdu connaissance pendant six heures.

Je décidai de prendre un bain froid et je me sentis aussitôt beaucoup mieux. Allongé dans la baignoire, avec de l'eau jusqu'au menton et les canards en plastique de Tim tournant sous mon nez, je commençai à réaliser ce qui nous était arrivé et pourquoi. Pendant ce temps, Tim, qui avait tout juste recouvré ses esprits, nous préparait du thé. Deux ou trois tasses après, nous étions redevenus plus ou moins normaux.

« Waverly nous a caché quelque chose, dis-je.

— Quoi?

— Je ne sais pas, mais ça concerne Boris Kusenov. Comment Waverly a-t-il appris que Charon voulait l'assassiner? Et pourquoi est-ce si important que l'assassinat n'ait pas lieu en Angleterre?

— Ce serait mauvais pour le tourisme. »

Tim se versa une autre tasse de thé. Il devait réfléchir intensément car il ne voyait pas que la théière était vide.

« J'ai rêvé, ou bien Waverly a-t-il vraiment dit que j'étais une célébrité parmi les détectives privés de Londres? demanda mon frère.

— Tu as dû rêver.

— Il m'a offert un travail! Espion! Agent des services secrets! »

Je secouai la tête. Je ne voulais pas décevoir mon frère, mais il valait mieux qu'il soit au courant.

« Tu n'es pas un espion, Tim. Tu es une cible.

— Que veux-tu dire? s'exclama Tim en se levant d'un bond.

— Quand Charon apprendra que tu travailles pour les services secrets, il viendra te descendre. Ou te poignarder. Ou encore te harponner. C'est ce que cherche Waverly.

— Pourquoi? Il ne m'aime pas?

— En lançant Charon à ta recherche, il le détourne de Kusenov et s'offre une chance de le coincer.

— Tu veux dire que... il se sert de moi?

— Exactement.

— De mon cadavre!

— Oui. »

Tim s'assit de nouveau derrière son bureau. Se releva. Se rassit. A force de le regarder, j'attrapais le torticolis. Finalement il fit un tour complet sur son fauteuil pivotant et je compris qu'il était vraiment furieux.

« Comment ose-t-il...! s'écria-t-il d'une voix cassée. Très bien, puisque c'est ainsi, je vais lui montrer...!

— Que vas-tu faire, Tim?

— Ce bonhomme m'a kidnappé, drogué, et maintenant il cherche à me faire tuer. Que crois-tu que je vais faire? Prévenir la police!

— Snape? dis-je en grimaçant. Tu es sûr que c'est une bonne idée, Tim? »

Tim ne voulut pas en démordre. C'est ainsi que, le jour même où nous avions été relâchés de prison, je me retrouvai en compagnie de mon frère devant la porte du commissariat. Le sergent de garde n'était guère enchanté de nous voir. Il ronchonna pendant qu'un agent allait chercher l'inspecteur-chef.

Snape arriva, escorté de Boyle.

« Je ne peux pas le croire! s'exclama Snape abasourdi.

— Mais, inspecteur... je ne vous ai encore rien dit », lui fit remarquer Tim.

Tim lui raconta donc notre histoire. La chambre d'hôtel, les agents des services secrets, la balade en taxi, Kelly Street, Waverly, et tout le reste. Snape l'écouta sans l'interrompre, pourtant j'eus l'impression qu'il ne prenait pas mon frère au sérieux. Peut-être à cause de sa façon de tapoter la table avec ses ongles en regardant par la fenêtre. Ou à cause des rires silencieux qui le secouaient parfois. Pendant ce temps, adossé au mur, Boyle nous surveillait d'un air goguenard.

« C'est tout? s'enquit Snape quand Tim eut terminé. Vous croyez vraiment que je vais avaler ça?

— Mais c'est la vérité! protesta Tim. Dis-lui, Nick.

— Oui, c'est la vérité », dis-je.

Que pouvais-je dire d'autre?

Snape réfléchit un instant.

« Très bien, murmura-t-il enfin. Allons jeter un coup d'œil au 17 de la rue Kelly. Mais je vous préviens, Diamant... »

Snape nous conduisit à Covent Garden. Boyle sur le siège avant, Tim et moi à l'arrière. Mais l'angoisse me saisit avant même d'atteindre l'Opéra. Pourquoi Waverly avait-il pris la peine de nous droguer alors qu'il aurait très bien pu nous montrer la sortie? J'avais le pressentiment que la réponse à cette question nous réservait une mauvaise surprise.

Snape arrêta la voiture au début de la rue. Il nous restait une cinquantaine de mètres à faire, mais, vu la façon dont Snape conduisait, nous aurions plus vite fait à pied qu'en voiture. Onze, treize, quinze... je décomptais les numéros des immeubles. Je reconnaissais très bien les lieux. Enfin nous arrivâmes devant le numéro dix-sept.

Il n'existait plus.

Ou plutôt il y avait quelque chose qui ne se trouvait pas là lors de notre première visite. J'admets que c'est confus, mais la situation aussi l'était. A la place de la vitrine vide, du sol nu et poussiéreux, se trouvait une jolie boutique qui paraissait être là depuis des années. Au-dessus de la porte, une enseigne en bois indiquait : *OISEAUX BODEGA*. Ce n'était pas une rôtisserie. Les volailles, on les entendait piailler de la rue : perruches, canaris et bien d'autres variétés de bêtes à plumes. « Bonjour ! » lança une voix. C'était un perroquet.

Tim s'était également rendu compte de la métamorphose. « Eh ! attendez ! s'écria-t-il d'une voix suraiguë qui n'était pas sans rappeler celle des perruches. Ces oiseaux n'étaient pas là !

— Alors comment sont-ils arrivés, d'après vous ? ironisa Snape. Par la voie des airs ?

— Je n'en sais rien ! »

Nous entrâmes dans le magasin. L'ouverture

de la porte déclenchait une de ces anciennes clochettes accrochées à une ficelle, bien sûr absente lors de notre première visite. Je regardai la porte qui menait à l'escalier. Elle au moins était toujours à sa place, mais on devait passer devant toute une rangée de canaris pour l'atteindre. Il y avait des oiseaux partout, ils sifflaient, chantaient, et se balançaient sur des perchoirs. Le fond du magasin était couvert d'étagères contenant de la nourriture pour oiseaux, des jouets pour oiseaux, des baignoires pour oiseaux, tout ce dont vous auriez besoin si vous deveniez un oiseau. Et tous ces articles n'étaient pas récents. Visiblement ils dataient de quelques années.

« Ce n'est pas la bonne adresse ! s'exclama Tim.

— Pourtant c'est bien le numéro dix-sept, grogna Snape.

— Vous désirez ? » s'enquit une voix.

C'était une vieille dame vêtue d'un gilet rose vif et d'un chemisier blanc. Elle était petite, les yeux noirs et le nez pointu comme un bec. Avec quelques plumes, on l'aurait prise pour un oiseau. Elle avait contourné le comptoir à pas feutrés et caressait un grand perroquet bleu de ses doigts minces et recourbés.

« Vous êtes la patronne ? demanda Snape.

— Oui, je suis madame Bodega, répondit la vieille dame d'une voix haut perchée.

— Depuis quand tenez-vous ce magasin ? »

Mme Bodega se mit à compter sur ses doigts.

« Laissez-moi réfléchir. J'ai ouvert le magasin deux ans avant la mort de mon mari, qui est décédé il y a huit ans. Il est mort d'un coup de bec, voyez-vous. Les oiseaux l'adoraient, mais ils n'ont pas le sens de la mesure. Huit ans plus deux ans, ça fait donc dix ans. C'est ça, dix ans en tout. »

Je savais qu'elle mentait, qu'elle jouait la comédie, mais je dois admettre que c'était une excellente actrice.

Elle titilla un des perroquets, qui se balançait sur son perchoir en lissant ses plumes.

« Voici Hercule, reprit Mme Bodega. C'était le préféré de mon mari. »

Amusé, Boyle tendit le doigt. Le perroquet poussa un cri et le pinça.

« Vous cherchez quelque chose de particulier ? » demanda la vieille dame.

J'inclinai un petit plateau en plastique posé sous une cage. Il était plein de vers qui grouillaient dans du sable.

« Oui, dis-je. Je prendrais bien un de ces asticots... pour Boyle.

— Ils ne sont pas à vendre, répondit Mme Bodega de sa petite voix. C'est pour les cacatoès. » Elle se tourna vers Snape. « Vous désirez un oiseau pour votre petit garçon ?

— Il n'est pas mon... » Snape était sur le point d'exploser, mais il reprit son calme. « Vous dites que vous êtes ici depuis dix ans ?

— En effet.

— Alors ? » gronda Snape en se tournant vers Tim.

Depuis l'instant où il était entré dans le magasin, Tim semblait paralysé. Les deux pieds collés au sol, il ouvrait et fermait la bouche comme s'il attendait qu'on le nourrisse de vers de terre. Je lui donnai un coup de coude — il ne réagit pas —, puis un deuxième, plus violent.

« Cette femme ment ! s'écria-t-il enfin. La boutique était vide. Dis-lui, Nick ! »

Je sentais que c'était une perte de temps, mais j'essayais quand même.

« Tout ça est de la mise en scène, inspecteur. Le magasin n'était pas là ce matin. Ni Mme Bodega. C'est une actrice...

— Une actrice ? s'exclama celle-ci. Je ne suis pas une actrice ! Qui êtes-vous ? Que voulez-vous ? »

Boyle retira son doigt endolori de sa bouche pour dire :

« Donnez-moi cinq minutes, chef. Cinq petites minutes, tout seul avec eux.

— Non, Boyle, soupira Snape.

— Cinq minutes avec ce satané perroquet, alors ?

— Non. »

Snape ferma les yeux. Tim ne savait plus où il en était. Mme Bodega nous observait, l'air sincèrement indignée.

« Très bien, grogna Snape. Dites-moi où ces supposés agents vous ont conduits.

— En haut, répondit Tim.

— Il n'y a rien, là-haut, objecta Mme Bodega. Personne n'y est monté depuis des années.

— Il y a un escalier, insista Tim. Je vais vous montrer. »

Mon frère paraissait s'être un peu repris. Il contourna prudemment le perroquet et passa devant la rangée de canaris pour atteindre la porte.

« Arrêtez ! piailla Mme Bodega de sa voix suraiguë. Vous n'avez pas le droit d'entrer là ! »

Tim eut un sourire triomphant et ouvrit la porte. Il fit deux pas avant de réaliser ce que j'avais vu du premier coup d'œil. Il n'y avait plus d'escalier. La porte donnait sur un placard.

Tim entra en collision avec tout un assortiment de seaux et de balais. Une étagère céda sous le choc et une cargaison de graines dégringola, l'inondant d'une douche blanche et dorée. Il s'effondra sous l'avalanche.

Puis tout s'immobilisa. Il ne restait plus qu'une petite montagne de graines amoncelées sur le sol, dont sortaient deux jambes. La montagne s'ébranla, se creusa. La tête de Tim surgit. Il toussa. Des graines roulèrent de ses oreilles.

Snape en avait assez vu.

« Donc, les deux agents vous ont emmenés dans un placard à balais. C'est bien ça ? grinça-t-il d'une voix menaçante. Eh bien maintenant, vous pouvez aller vous brosser !

— Inspecteur ! Écoutez-moi... »

Trop tard. Snape saisit Tim par le col, et Boyle abattit sa grosse main sur mon épaule. Une seconde après, mes pieds quittaient le sol. Tout autour de nous, les oiseaux piaillaient, criaient, sifflaient, battaient des ailes. On eût dit qu'ils se moquaient de nous. Mais eux, peut-être, savaient. En tout cas, ils ne seraient pas les seuls à passer la nuit en cage.

6

HAUTE SÉCURITÉ

Cette fois, Snape nous mit sous les verrous pendant deux jours. Boyle aurait bien voulu nous infliger la peine maximum, mais il ne savait pas compter jusqu'au maximum.

Quarante-huit heures, c'est long quand on les passe dans une pièce sans fenêtre. Tim décida de creuser un tunnel pour s'évader. Je n'en voyais pas l'utilité car notre cellule se trouvait au quatrième étage. Malgré cela, il vola une fourchette sur le plateau du déjeuner et s'attaqua au sol de la cellule. Il tordit la fourchette et passa le reste de la journée à crocheter la serrure avec une des dents. Mais Snape avait une dent contre nous : il nous avait mis une serrure incrochetable. La porte resta donc fermée jusqu'au matin suivant : un gardien l'ouvrit normalement — de l'extérieur — et pour la deuxième fois on nous jeta à la rue.

Direction : le bureau. Tim était morose. Il n'ouvrit pas la bouche dans l'autobus, pas même lorsque je pris le siège près de la fenêtre. Et c'est tout juste s'il marmonna quelques mots de surprise en trouvant une lettre à son nom sur notre paillasson. Peu de gens écrivaient à Tim. Il y avait les factures de gaz et d'électricité, bien sûr, mais on ne peut pas dire qu'elles étaient très causantes. Papa et maman nous envoyaient parfois des cartes postales : « Il fait chaud en Australie, trop froid en Angleterre, nous vous aimons tendrement », et autres excentricités du même genre. Mais les seules lettres qui ornaient d'habitude notre paillasson disaient : ESSUYEZ VOS PIEDS S.V.P.

La lettre adressée à Tim se trouvait dans une élégante enveloppe blanche et portait le cachet de Londres. Tim se décida à l'ouvrir pendant que j'allais préparer le thé. Pour fêter notre libération, j'étrennai deux sachets de thé neufs. La missive était courte mais Tim mit du temps à la lire. Donc il y avait une chance pour que ce soient de bonnes nouvelles.

« Alors ? demandai-je. C'est quoi ?

— Une offre d'emploi. »

C'était le premier sourire de Tim depuis qu'on nous avait jetés en prison. Il me tendit la lettre. Elle émanait de la Banque canadienne, à Pall Mall, et portait la signature d'une certaine Louise Meyer. Celle-ci invitait Tim à un entretien d'embauche pour le poste de chef de la Sécurité.

« Qu'est-ce que c'est... ? bredouillai-je.

— Tu ne te souviens pas ? Je t'en ai parlé. Il y a deux mois, j'ai posé ma candidature pour ce poste. Ils cherchent un nouveau chef de la Sécurité.

— Mais tu ne connais rien à la sécurité.

— Si, je m'y connais ! protesta Tim d'un air indigné. Rappelle-toi, j'ai posé une alarme contre le vol dans le bureau.

— Oui, mais les voleurs ont volé l'alarme. »

Tim ignora ma remarque.

« Écoute, Nick », reprit-il d'une voix traînante. Il n'avait pas encore mis les pieds dans la banque, mais il s'imprégnait déjà de son rôle. « Je suis un privé. J'ai la sécurité dans le sang. Un seul coup d'œil à cette Banque canadienne, et j'aurai repéré les points faibles de leur système. Par exemple... est-ce que les fenêtres sont bien fermées le soir ? Ce genre de choses.

— Mais... Tim. » Je sentais qu'il était inutile

d'argumenter. « Que fais-tu de Charon ? Les services secrets ?

— Et alors ?

— Tu ne peux pas les ignorer ! Souviens-toi de ce qu'a dit Mac Guffin. Et puis tu ne sais toujours pas ce que voulait dire Mac Guffin.

— A mon avis, ça n'a aucun sens, coupa Tim d'un air suffisant. De toute façon, ce ne sont pas mes affaires. Mon affaire, c'est la banque. »

J'abandonnai. « Quand a lieu ton entretien ? »

Tim relut rapidement la lettre. « Cette Louise Meyer me reçoit à deux heures, cet après-midi. » Il bondit de sa chaise. « Cet après-midi ! Mais c'est aujourd'hui ! »

Il était déjà midi et demi. Les vingt minutes suivantes furent consacrées à une fébrile préparation. Tim commença par plonger sous la douche. Puis il pensa à ôter ses vêtements et reprit une autre douche. Au même moment, je m'efforçai de trouver deux chaussettes assorties et finis par opter pour une paire aux couleurs à peu près semblables. Un nuage de talc jaillit de la salle de bains, derrière lequel Tim apparut. Il enfila un pantalon, une cravate et une chemise, tandis que je cirais ses chaussures. Le résultat fut médiocre car je n'avais pas de cirage, seulement de la cire liquide pour meubles. Enfin j'exhumai du placard un attaché-case en cuir. En réalité, ce n'était pas du cuir mais de la peau de kangourou : un cadeau de Noël que maman avait offert à Tim, que Tim m'avait ensuite refilé, que j'avais moi-même donné au Service social, qui nous l'avait rendu. Difficile d'être plus mal-aimé que cet attaché-case en peau de kangourou.

Pourtant, ce jour-là, mon frère décida de le prendre, persuadé que ça lui donnerait fière allure. La pendule sonna une heure. Tim était prêt.

« Je t'accompagne, proposai-je.

— D'accord. Tu m'attendras dehors. »

Un bus nous ramena en ville. Cette fois, Tim était de meilleure humeur. Pendant tout le trajet, il prépara ses réponses aux questions qu'on allait sûrement lui poser, en marmonnant dans sa barbe et en hochant la tête. Les autres passagers durent le prendre pour un fou. Moi-même, je commençais à avoir des doutes sur sa santé mentale. Tim avait complètement oublié Charon et Mac Guffin. C'était une grave erreur.

L'incident se produisit juste avant d'arriver à Pall Mall. Il y avait une douzaine de passagers au premier étage. Je ne leur avais prêté aucune attention. Au moment où nous allions descendre, l'un d'entre eux nous suivit et tapota l'épaule de Tim.

« Excusez-moi, dit l'inconnu. Vous avez oublié

ça. » Et il tendit à Tim l'attaché-case en peau de kangourou. Ce fut tout. J'entrevis à peine un visage sombre et barbu.

Puis le bus redémarra, et l'inconnu avec. Ce fut tout, mais je ressentis un curieux malaise, sans m'expliquer pourquoi.

« Comment as-tu pu oublier ta mallette? demandai-je à mon frère.

— Je ne sais pas, répondit Tim en la serrant sous son bras. Je l'avais posée par terre, à côté de mon siège.

— En tout cas, elle n'y était plus quand nous nous sommes levés.

— Qu'est-ce que tu racontes, Nick? »

Tim partit en avant. Je m'attardai un peu pour réfléchir. Si la mallette était restée par terre, nous l'aurions forcément vue en nous levant. Donc elle n'y était pas. Le barbu avait dû la subtiliser. Mais pas pour la voler, sinon il ne l'aurait pas rendue.

« Tim! » criai-je.

Mais mon frère était déjà devant l'entrée de la Banque canadienne. On reconnaissait sa nationalité canadienne au drapeau qui flottait sur le toit et à l'élan en bronze qui ornait la porte. C'était un petit immeuble carré à un seul niveau, plus proche de la bijouterie de grand luxe que de la banque de quartier chic. Tout y était calme et discret. Même les alarmes étaient étouffées pour ne pas déranger le voisinage.

Je rattrapai Tim juste avant qu'il n'entre.

« Nous devrions discuter un peu, Tim.

— Je sais ce que j'ai à dire, répliqua mon frère. Attends-moi ici. »

Il pénétra dans la banque. Je levai machinalement les yeux vers l'horloge au-dessus de la porte pour vérifier l'heure, mais il n'y avait pas d'horloge. C'était d'autant plus bizarre que j'étais certain d'avoir entendu un tic-tac. Je songeai à nouveau à l'attaché-case. Et, soudain, un frisson me parcourut la nuque. Ma bouche se dessécha. Deux explications possibles : soit Tim courait au devant de la catastrophe, soit je venais d'attraper la fièvre.

Ce n'était pas la fièvre. Jamais je ne m'étais senti aussi en forme. Il fallait faire vite. J'avais à peine entrevu l'inconnu de l'autobus, mais je savais maintenant pourquoi il avait escamoté l'attaché-case et ce qu'il avait glissé dedans. Je savais aussi que, si j'avais compté ses doigts, je me serais arrêté à neuf.

Tim avait disparu à l'intérieur de la banque. Je m'engouffrai à mon tour dans le hall en marbre blanc. Tout y respirait la fraîcheur. Le marbre était glacé et les plantes vertes elles-mêmes paraissaient frissonner dans l'air climatisé. Mon regard parcourut la rangée de caissiers, les somptueux fauteuils en cuir, les lustres scintillants. J'aperçus Tim au moment où il franchissait une porte située dans le coin gauche du hall. Sans doute le bureau de Mme Meyer. Je serrai les dents et m'apprêtai à le suivre. D'une façon ou d'une autre, il fallait que je le sorte de là. Peut-être était-ce déjà trop tard.

Je fis un pas, mais pas deux. Une main s'abattit sur mon épaule et me fit pivoter. Je me retrouvai nez à nez avec l'agent de sécurité le plus immense que j'aie jamais vu. C'était de la haute sécurité ! Il mesurait au moins deux mètres. Malheureusement pour lui, son uniforme était trop petit, il s'étirait dangereusement. Lorsque l'agent me souleva du sol, je compris ce que le tissu endurait.

« Que fais-tu là, mon bonhomme ? questionna le garde.

— Je voudrais ouvrir un compte », répondis-je.

C'est la première idée qui me passa par la tête. L'homme esquissa un sourire triste.

« Ah oui ? Tu crois peut-être que c'est une tirelire, ici ?

— En tout cas, je vois qu'ils emploient des petits cochons. »

D'accord, je n'aurais pas dû l'insulter. Mais

que vouliez-vous que je lui dise ? Que mon grand frère venait d'entrer dans le bureau de la directrice, avec une bombe dissimulée dans son attaché-case en peau de kangourou ? D'ailleurs je n'avais aucune preuve.

Quoi qu'il en soit, je me retrouvai cinq minutes plus tard dans la rue, avec le cou aussi douloureux que si j'étais passé dans une essoreuse. Le garde canadien avait probablement commencé sa carrière comme bûcheron. Je plaignais les arbres.

Que faire ? L'ennui, c'est que je ne disposais pas de beaucoup d'éléments. Nous avions croisé un homme dans l'autobus, Tim avait perdu sa mallette, et un instant plus tard j'entendais un tic-tac. Même si je me persuadais que cela sentait le roussi, la police ne se laisserait pas convaincre aussi facilement. Pas avec mes antécédents. Je ne pouvais même plus retourner dans la banque pour le prévenir. Et le temps de trouver un téléphone, il risquait d'être trop tard.

Peut-être était-ce à cause du soleil, en tout cas la sueur me ruisselait dans le cou. Je fis le tour de la banque. Elle était située à un croisement et séparée du trottoir par une étroite bordure de fleurs. Je traversai la rangée de tulipes sur la pointe des pieds en observant le hall de la banque par les fenêtres. Par chance, elles étaient basses et certaines étaient même entrouvertes. Des bribes de conversations me parvenaient, des tintements de pièces de monnaie, des sonneries de téléphone. A la sixième fenêtre, je reconnus la voix de Tim. L'entretien avec Louise Meyer avait déjà commencé.

« Dites-moi, monsieur Diamant, avez-vous déjà une expérience de la sécurité ? questionna la directrice.

— Pas à proprement parler de la sécurité, Lucy, répondit Tim. Vous permettez que je vous appelle Lucy ?

— Je préfère rester plus formelle.

— Comme vous voudrez, Lucy. Appelez-moi monsieur Diamant si vous préférez. »

Une autre tulipe s'écrasa sous mon pied quand je voulus me rapprocher de la fenêtre. A croire que quelqu'un avait dormi sur la plate-bande de fleurs. J'atteignis le rebord de la fenêtre et me hissai sur la pointe des pieds pour jeter un coup d'œil à l'intérieur.

Tim était face à la fenêtre, alors que Louise Meyer me tournait le dos, assise à son bureau. C'était une femme d'affaires, vêtue d'une robe bleu foncé à la coupe stricte et droite comme une lame, au point qu'on aurait pu se servir de la manche comme d'un coupe-papier. Ses cheveux blonds devaient lui coûter cher : au moins trois heures de soins par semaine chez un coiffeur.

« J'ai peu d'expérience dans la sécurité, Lucy, poursuivait Tim. Mais j'ai la sécurité de l'expérience. » Mal à l'aise, Mme Meyer se trémoussa sur sa chaise, cherchant à comprendre ce qu'il voulait dire. Je sentis que Tim ne faisait pas bonne impression. Il était assis dans son fauteuil, une jambe par-dessus l'accoudoir. Sans doute espérait-il avoir l'air détendu. Plus détendu, il serait carrément tombé de son siège.

J'inspectai la pièce. Elle était spacieuse, avec un immense bureau, un petit bar dans une armoire, une carte du Canada et un imposant classeur mural. Juste à la sortie du bureau il y avait une sorte d'alcôve, un salon d'accueil miniature, avec un coffre-fort en fer, à l'ancienne, plaqué contre un mur. Tim avait oublié son attaché-case dans l'antichambre : il l'avait posé sur le coffre.

« Ainsi vous n'avez jamais travaillé dans une banque, dit Louise Meyer.

— En quelque sorte.

— Y avez-vous travaillé, oui ou non ?

— Non. »

J'agitai la main. Tim avait les yeux posés sur moi, mais il était si concentré qu'il ne remarquait rien. J'aurais aimé taper à la vitre mais je ne voulais pas que Mme Meyer m'entende. Je voulais seulement que Tim sorte de la banque, avec son attaché-case.

« Parlons plutôt de votre banque, Lou, poursuivit Tim. Franchement, je me sentirais plus rassuré si je laissais mon argent dans un sac en papier à la piscine municipale.

— Vraiment ? s'étonna Mme Meyer.

— Il y a plus de trous dans cette banque que dans un filet de pêche. Si vous voulez mon avis, un voleur pourrait s'y introduire en quinze secondes à peine.

— Vous croyez ?

— Je le sais. »

Tim s'affaissa plus profondément encore dans son fauteuil, la tête sur un accoudoir et les jambes en l'air. Visiblement, il passait un bon moment. Je me mis à gesticuler, à sauter, à siffler. Tim continuait de m'ignorer.

« Avez-vous vérifié qui je suis, Loulou ? demanda-t-il à la directrice. Je pourrais très bien être un gangster.

— Eh bien... »

Je vis la main de Mme Meyer tâtonner sous son bureau pour presser le bouton d'alarme.

« Je pourrais être armé, insista Tim.

— Voyons, monsieur Diamant. »

Mme Meyer devenait nerveuse et n'importe qui, sauf Tim, l'aurait senti.

« Je pourrais avoir un complice à l'extérieur...

— Ah oui ? »

La directrice pivota sur son siège pour regarder par la fenêtre. Et elle me vit. Je restai pétrifié, une main en l'air, comme si je m'apprêtais à casser la vitre d'un coup de poing. J'ouvris la bouche pour me justifier.

« Et je pourrais transporter une bombe », ajouta Tim.

Bien entendu, c'est à ce moment précis que la bombe explosa.

Je ne sais pas dans quel ordre les choses se produisirent. Il y eut un éclair rouge et la fenêtre parut s'incurver vers moi. Je perdis sans doute aussitôt l'équilibre : mes jambes plièrent sous moi et je fus projeté sur le parterre de fleurs. Ce qui n'était pas plus mal. Un torrent d'air brûlant et d'éclats de verre me frôla la tête, et la moitié du bureau se retrouva dans la rue.

J'ignore comment, mais je parvins à me remettre sur mes pieds. Je fus ravi de constater qu'ils étaient encore au bout de mes jambes. Un rapide coup d'œil m'apprit que j'avais du sang sur ma chemise, mais que je tenais toujours en un seul morceau. Il pleuvait. Il pleuvait ? Une pluie de papier. En y regardant de plus près, je m'aperçus que c'était du papier monnaie, des dollars canadiens et des livres sterling anglaises sortis du coffre-fort personnel de la directrice.

J'en glissai quelques-uns dans ma poche et retournai en titubant à l'entrée de la banque. J'avais le sentiment que j'aurais bientôt besoin d'argent.

La quiétude de la banque avait volé en éclats. Ainsi que le marbre. Les caissiers étaient en pleine crise d'hystérie, les alarmes hurlaient, la poussière flottait dans l'air. Je ne vis nulle part l'agent de la sécurité (une chance pour moi). Puis j'aperçus Tim. Il était revenu dans le hall principal en nageant dans le brouillard, au sens propre comme au sens figuré. Les vêtements en lambeaux, le visage noirci, les cheveux hirsutes, il paraissait sonné. Mais, comme moi, il était entier.

L'employé de la sécurité tituba vers lui. Tim porta la main à sa tête et sortit de derrière son oreille un billet de vingt livres qui était venu se nicher là pendant l'explosion. Il contempla le billet comme s'il venait de réaliser un tour de magie. Le garde dit quelque chose que je ne pus entendre à cause des sirènes d'alarme. Tim inspecta son autre oreille. Le garde avança d'un pas lourd.

C'est alors que Mme Meyer apparut devant la porte déchiquetée. Quelques minutes plus tôt, elle était l'image parfaite de la femme d'affaires, mais il lui faudrait un certain temps avant de faire la couverture du *Cosmopolitan*. Son tailleur deux-pièces était devenu un tailleur quatre-pièces. Son maquillage trop léger s'était envolé. Et elle était entièrement recouverte de poussière. En apercevant le garde qui marchait vers Tim, elle hurla : « Ne l'approchez pas ! Il est armé !

— Mais non ! » protesta Tim.

Je compris que c'était notre unique chance de sortir de là.

« Mais si, tu as un revolver ! criai-je.

— Moi ? » sursauta Tim. Puis il me reconnut et comprit. « Oui, j'ai un revolver ! »

La ruse fonctionna. Les caissiers se mirent à crier et le garde recula. La voie était libre, mais j'entendais déjà les sirènes de police approcher. Il était temps de lever le camp.

« Tim ! Filons d'ici ! »

Personne n'essaya de nous retenir. A leurs yeux, nous étions de dangereux criminels. Je ne savais pas où aller ni ce que nous devions faire, j'étais simplement content de sortir de ce pétrin. Au moment de franchir la porte, Tim s'arrêta.

« Une minute, Nick. On ne m'a pas dit si j'étais embauché. »

Une voiture de police tourna le coin de la rue. Je pris la main de mon frère et décampai à toutes jambes.

7

SECOURISME

Celui qui a dit « Il est bon d'être désiré » n'a jamais considéré la chose sous l'angle pénal.

Une heure après l'explosion, tous les policiers de Londres ne désiraient qu'une chose : retrouver Tim. Les journaux et la télévision avaient déjà diffusé son portrait-robot ; et les affiches fleurissaient si vite sur les murs qu'on avait pu soupçonner la police de les avoir fait imprimer à l'avance, dans le cas où Tim commettrait un crime. Pourtant nous n'avions volé que soixante-dix livres. Maintenant, les billets me brûlaient littéralement la poche. Il faut dire que je les avais retirés tout fumants des décombres. L'explosion avait éventré la banque, déchiqueté les vêtements de la directrice et tué une famille de pigeons. La mort des pigeons m'attristait. Les pauvres bêtes ne le prévoyaient certainement pas quand elles avaient fait leur nid dans la banque.

Une partie de l'argent servit à acheter une chemise neuve à Tim. Soixante-dix livres sterling qui ne m'appartenaient pas, vous imaginez ce que je ressentais... Je regrettai qu'il n'y en ait pas davantage. Tim se changea dans des toilettes publiques, quelque part sous Trafalgar Square. C'est le seul endroit de Londres où il se sentait à l'abri.

Je ne sais pas comment nous réussîmes à traverser la ville. Tout le monde nous recherchait. Tim se figeait chaque fois qu'une sirène de police hurlait et gémissait à la seule vue d'un uniforme. A Londres, vous ne trouvez jamais un policier quand vous en avez besoin, mais ils pullulent quand vous n'en voulez pas. Même les agents de la circulation semblaient s'être multipliés. En fait, il y avait plus d'agents que de circulation. Pas étonnant que Tim fût nerveux. Il était seul contre la ville entière.

Le pire, c'est que nous ne savions pas où aller. Une seule chose était sûre : nous avions besoin de temps pour nous reprendre, donc d'un toit pour la nuit... un hôtel, un endroit tranquille et bon marché où l'on ne regardait pas les clients de trop près. Un hôtelier qui avait tellement besoin de clients qu'il ne leur jetait même pas un regard.

J'ignore comment, mais je me retrouvai avec Tim à Paddington. C'est un quartier situé derrière une gare qui paraît avoir été oublié depuis la dernière guerre. Les cafés et les maisons sont minuscules et sales ; des flaques d'eau luisent sur la chaussée même quand il ne pleut pas. En marchant dans ce quartier, on s'attend à chaque instant à entendre le hurlement des sirènes d'alerte aérienne et le vrombissement des bombardiers de la Luftwaffe. C'était l'endroit idéal. Le soleil se couchait sur les usines à gaz et les hangars de chemin de fer. Enfin nous étions seuls.

Nous nous arrêtâmes dans une petite rue reculée, mais là aussi la police avait trouvé le moyen de passer : un portrait-robot de Tim en noir et blanc était placardé sur le mur, avec ces simples mots : ON RECHERCHE. Tim contempla sa propre image comme s'il était impossible que ce regard fixe, ce nez pointu et cette bouche vaguement souriante fussent les siens.

« C'est terrible, Nick, murmura mon frère.

— Oui, nous sommes dans le pétrin.

— Non, je parle de ça, dit-il en désignant l'affiche. Ça ne me ressemble pas ! Regarde ces yeux ! Ils m'ont fait une tête de bandit !

— Oh, Tim... », soupirai-je.

Inutile de discuter. Nous devions fuir cette rue au plus vite.

Nous marchâmes encore une dizaine de minutes avant de dénicher le trou idéal où nous terrer pendant la nuit. *Trou* est le mot exact. Ce n'était pas un hôtel mais une pension de famille, une bâtisse décrépite et sale, sans aucun nom ou étoile sur la porte. Une simple pancarte était accrochée à la fenêtre : CHAMBRES À LOUER. La pension se situait au bout d'un cul-de-sac, ce qui limitait la circulation. Et personne ne pourrait nous espionner d'en face, car la voie ferrée traversait le jardin. Si on voulait éviter de se faire écraser par le train, mieux valait ne pas tondre la pelouse.

« Qu'en penses-tu? demanda Tim.

— Ça me semble parfait. »

Je tirai la clochette. Aussitôt, un peu de peinture s'écailla sur le mur. De près, la maison était encore plus minable. Les pensionnaires devaient avoir huit pattes et dormir *à l'intérieur* des matelas. Mais il était trop tard pour reculer.

La porte s'ouvrit. Enveloppée d'un halo de lumière jaune, une vieille dame toute menue nous inspecta d'un œil suspicieux. Elle portait un gilet gris qu'elle avait sans doute tricoté elle-même et dont le patron avait dû s'égarer en route. Sous le gilet apparaissait une robe froissée et, plus bas, une horrible paire de pantoufles roses avec d'énormes pompons. Aucun de ses vêtements n'était assorti. Même la lèvre supérieure de sa bouche fardée de violet n'était pas assortie à la lèvre inférieure.

« C'est à quel sujet ? demanda la vieille dame.

— Vous avez une chambre ? demanda Tim.

— Oh oui ! s'exclama l'hôtelière en ouvrant la porte en grand. Nous en avons même plusieurs. Entrez donc ! »

Le hall aurait eu besoin d'un décorateur. Le dernier devait être mort depuis une bonne centaine d'années et rien n'avait été modifié depuis. Le papier mural de style persan se décollait. Le tapis orné de volutes était si élimé que la moitié des volutes manquait. Les radiateurs en fonte étaient tous allumés, si bien qu'on avait l'impression de pénétrer dans un haut fourneau. D'un côté, un escalier branlant s'enfonçait dans l'obscurité. De l'autre, une porte coulissante en verre donnait accès à un salon de réception. Dans le hall il y avait une table en bois, et, sur la table, un journal. Le visage de Tim occupait toute la première page.

« Tiens ! ce doit être le journal du soir, remarqua l'hôtelière en ramassant le quotidien. Je n'arrive pas à lire sans mes lunettes. »

Pendant qu'elle ouvrait la porte vitrée menant au salon, Tim me saisit le bras pour me souffler à l'oreille : « Elle les a sur le nez, ses lunettes !

— Surtout, ne lui dis pas », chuchotai-je.

Aussi miteux que le hall, le salon était meublé de six fauteuils défoncés et d'une table basse maculée de taches de café. Pourtant l'hôtelière en semblait très fière. Elle effectua une petite pirouette en entrant dans la pièce. L'espace d'un instant, on aurait cru une princesse de conte de fées faisant les honneurs de son palais.

Je croyais le salon désert, mais je m'aperçus que trois vieux messieurs s'y trouvaient. Deux jouaient aux échecs, un autre était assis à l'écart.

« Messieurs, roucoula l'hôtelière, nous avons deux visiteurs. » Elle déposa le journal sur un tabouret en précisant à notre intention : « Je m'appelle Mme Jackson. Je suis la propriétaire de cette pension. Nous recevons peu de clients de passage, vous savez.

— Je ne vois vraiment pas pourquoi », murmurai-je en m'asseyant sur le journal, dans l'espoir de dissimuler la photo de Tim pendant au moins un moment.

« Voici mes pensionnaires », poursuivit Mme Jackson avec un geste vers l'homme enfoncé dans son fauteuil.

On n'apercevait que son crâne, planté de

quelques rares touffes de cheveux blonds, et son visage poupon et souriant.

« M. Blondini est artiste de variétés, expliqua Mme Jackson. C'est un illusionniste, spécialiste de l'évasion.

— Enchanté », dit Tim en lui tendant la main.

M. Blondini ne prit pas la main de Tim. Il se trémoussa et je vis qu'il avait les mains et les jambes attachées au fauteuil, et des chaînes en travers de la poitrine.

« Je m'entraîne un peu, s'excusa-t-il avec un sourire.

— Et voici M. Webber, qui vient d'Allemagne », continua Mme Jackson.

M. Webber avait le teint gris et les cheveux argent. Il nous jeta un regard furieux et s'exclama : « Il est sur mon journal !

— Mais non, ce n'est pas moi ! se défendit Tim en bredouillant.

— Je sais que ce n'est pas vous, gronda M. Webber en pointant sur moi un doigt menaçant. C'est lui. Que faites-vous sur mon journal ?

— Oh, j'aime rester en contact avec l'actualité », répondis-je en haussant les épaules.

Mme Jackson se tourna en souriant vers le troisième personnage, un monsieur aux cheveux bouclés et à l'air timide. « Voici M. Ferguson », annonça-t-elle en attirant Tim à l'écart pour lui glisser tout bas : « Surtout, ne mentionnez rien qui évoque la montagne ou les endroits élevés devant lui. M. Ferguson souffre terriblement du vertige.

— Je n'aborderai que des sujets terre à terre », promit Tim.

Mme Jackson esquissa une moue dubitative, puis reprit à haute voix :

« Je vais vous installer au premier étage. J'espère que vous n'êtes pas superstitieux ?

— Pourquoi, c'est la chambre numéro 13 ?

— Non, sourit Mme Jackson. C'est treize livres la nuit. Chambre numéro 5. »

La chambre était aussi peu engageante que le reste de la maison. Un lit bosselé, une banquette, un placard et une jolie vue sur la voie de chemin de fer. Mais je m'en fichais. J'étais content d'être à l'abri.

« Quel côté du lit préfères-tu ? demandai-je à Tim.

— L'intérieur », répondit mon frère en ôtant ses chaussures avant de se jeter sur le lit.

Je m'assis à côté de lui et ouvris le journal que j'avais discrètement emprunté.

« Tu as droit à toute la première page, Tim.

— Je ne veux pas le savoir. »

Je feuilletai le journal à la recherche de l'article nous concernant et tombai sur la photo d'un homme qui m'était sorti de l'esprit. Je lus la légende à haute voix : « *Ernest Lemon achète Albert Hall.*

— Qui est Albert Hall ? demanda mon frère.

— *Le théâtre* Albert Hall, rectifiai-je. Ernest Lemon est promoteur immobilier. Il veut transformer le théâtre Albert Hall en centre commercial.

— Pourquoi t'intéresses-tu à lui ?

— J'ai déjà vu sa photo. »

Je parlai à Tim de l'article de journal trouvé dans la chambre d'hôtel de Mac Guffin, avec la photo encadrée d'un trait bleu. C'était le même homme, sans aucun doute possible. Mais pourquoi Mac Guffin s'intéressait-il à un promoteur immobilier ?

« Et si Lemon n'était autre que Charon ? suggéra Tim.

— Il y a un moyen de le savoir. A en croire cet article, Lemon doit se rendre à l'Albert Hall demain, à midi.

— Mais comment saurons-nous s'il s'agit de Charon ?

— Tu pourras compter ses doigts, Tim.

— Comment ?

— Si c'est vraiment Charon, tu trouveras ses mains autour de ton cou... »

Il était onze heures trente, le lendemain

matin, quand nous arrivâmes au théâtre Albert Hall. Pour qu'on ne le reconnaisse pas, Tim s'était acheté des lunettes de soleil, et comme tout le monde portait des lunettes de soleil par cette éclatante journée d'été, il se fondit dans la foule.

Une trentaine de personnes étaient groupées devant le théâtre. Visiblement tous ces gens avaient lu le même article, et venaient montrer à Lemon ce qu'ils pensaient de lui. Ils braillaient déjà à notre arrivée. Certains brandissaient des pancartes : « SAUVEZ L'ALBERT HALL », « DU CHOPIN PAS DU SHOPPING ». Bien sûr, des policiers les encadraient. C'était plutôt mauvais signe pour nous, mais ils étaient tellement occupés à contenir les manifestants qu'ils ne nous remarquèrent même pas.

Un panneau informait sur les prochains concerts. Mais pour l'instant, pas d'autre musique que celle des manifestants : ils venaient d'entonner un chœur extrait de *La Jérusalem délivrée*.

« Il n'est sans doute pas encore arrivé », dis-je.

Tim soupira.

« Comment allons-nous lui parler en présence de tous ces gens, Nick?

— Je ne sais pas. On pourrait peut-être entrer à l'intérieur.

— J'ai une idée! Nous allons nous déguiser en chanteurs de chorale.

— Quoi?

— Regarde », dit Tim en montrant une affiche qui annonçait un concert des Jeunes Choristes de Vienne.

Je lus rapidement l'affiche et secouai la tête :

« Impossible, Tim. Nous ne savons pas chanter, nous ne sommes pas viennois, tu n'as pas l'air d'une jeune choriste, et le concert a eu lieu la semaine dernière.

— Dommage, dit Tim en haussant les épaules. Sinon c'était une bonne idée, tu ne trouves pas?

— Pour les secouristes! Pour les secouristes! »

Un vieil homme passa à côté de nous, une pancarte autour du cou, en agitant devant lui une boîte en fer. « Pour les secouristes! » Il avait une voix de crécelle. L'un des manifestants s'arrêta pour glisser une pièce dans la boîte en fer. Le vieil homme lui épingla l'insigne des secouristes sur le revers de la veste et s'éloigna.

« C'est drôle, je croyais que la journée du secourisme était déjà passée. »

Tim ignora ma remarque.

« Nick, comment allons-nous entrer dans le théâtre? »

A ce moment, les manifestants entamèrent le second couplet de la « Jérusalem délivrée » : « Qu'on apporte mon chariot de feu... » Ils chantaient horriblement faux. Le quêteur des secouristes disparut dans la foule. « Essayons par-derrière », suggérai-je à Tim.

Si vous n'y êtes jamais allé, sachez que le théâtre Albert Hall est un gros édifice tout rond, avec une vingtaine de portes et un dôme. Imaginez un énorme gâteau en briques rouges, ça vous donnera l'idée générale. La façade principale est située devant Hyde Park. C'est là que se tenaient les manifestants. Nous fîmes le tour du bâtiment par l'allée cimentée en espérant trouver une porte ouverte et un moyen d'entrer.

Toutes les portes étaient verrouillées, mais l'homme que nous cherchions fit soudain son apparition.

Quand il était arrivé au volant de sa Porsche, Ernest Lemon avait aperçu les manifestants et préféré faire le tour pour les éviter. Je le reconnus au premier coup d'œil. Tout en lui était acéré, anguleux : ses yeux, ses pommettes, et même sa façon de s'habiller. Cet homme avait converti des manoirs en parcs d'attractions, des châteaux en parkings à plusieurs niveaux, des salles de concerts en centres commerciaux. C'était à se demander si sa Porsche n'était pas une ancienne Rolls-Royce.

Ernest Lemon s'était garé en stationnement interdit. Au moment où nous approchions, il s'élançait sur les premières marches du vaste escalier à l'arrière de l'Albert Hall. Au même instant, le vieil homme qui faisait la quête avec sa boîte en fer apparut. « Pour les secouristes ! » clamait-il de sa voix grinçante en agitant les pièces dans la boîte.

Je crus que Lemon allait le dépasser. Au lieu de cela, il s'arrêta brusquement, plongea deux doigts dans la poche de son gilet pour en sortir un penny flambant neuf. Je le vis étinceler dans le soleil. Le vieil homme s'approcha en boitillant.

Tim et moi étions à mi-hauteur de l'escalier. Lemon, juste au-dessus de nous. Rien ne nous échappa. La scène se déroula comme au ralenti.

Lemon tendit la main pour mettre la pièce dans la boîte. Le vieil homme prit un insigne sur le plateau suspendu à son cou. L'insigne était fixé à une épingle.

Mais l'épingle mesurait quarante centimètres de long.

Au moment où Lemon lâchait sa pièce dans la fente de la boîte, le quêteur des secouristes (qui ne faisait pas plus la quête que moi) brandit l'épingle. L'aiguille transperça le costume sur mesure de Lemon pour s'enfoncer droit dans son cœur également sur mesure. Lemon poussa un cri. Tim un couinement. Le faux quêteur se tourna vers moi l'espace d'un instant et je compris que, sous le maquillage, la perruque, la fausse barbe et les gencives rembourrées, les yeux qui me fixaient étaient ceux de Charon.

Puis il s'enfuit. Lemon pivota sur lui-même et, moitié-dansant, moitié-titubant, il redescendit les marches vers nous. Tim se précipita avant que j'aie pu le retenir. Lemon lui tomba dans les bras.

« Il l'a tué ! hurla quelqu'un.

— Je l'ai vu !

— Appelez la police ! »

Les manifestants venaient de surgir. Ils avaient vraiment mal choisi leur moment pour faire le tour du théâtre. Ils étaient trop loin pour avoir vu ce qui s'était passé, mais ils en étaient très vite arrivés à la conclusion. Tim était le parfait coupable.

« Hé ! attendez ! Vous vous trompez..., bredouillait mon frère. Nick, ils ne croient tout de même pas...

— Filons d'ici en vitesse, Tim.

— Mais... et M. Lemon ? »

Le petit insigne des secouristes flottait au bout de l'aiguille de quarante centimètres. « Inutile de l'attendre, Tim. M. Lemon est planté là pour longtemps. »

8

RÉACTION EN CHAÎNE

Non seulement Ernest Lemon ne nous avait rien appris, mais Tim était maintenant recherché pour meurtre. En passant devant des magasins qui vendaient des téléviseurs, sur le chemin de Paddington, je vis que le journal de treize heures avait déjà commencé. Tim en était le sujet principal. Pourtant il n'était encore que midi ! C'est vous dire combien les journalistes prenaient la chose au sérieux.

Nous avions décidé de retourner à la pension de famille de Mme Jackson. Ce n'était peut-être pas une idée géniale, mais nous avions besoin de nous cacher quelque temps afin d'analyser la situation. De mon côté j'avais déjà commencé à réfléchir un peu. Quoi qu'il arrive, nous devions retrouver Charon. C'était le seul moyen de prouver l'innocence de mon frère.

« Je n'y comprends rien, marmonna Tim, alors que je refermais la porte de notre chambre, au premier étage de la pension de famille. Qui est Lemon ? Qui l'a tué ? Et pourquoi ? »

Je pris une longue inspiration avant de répondre :

« C'est Charon qui a tué Lemon, Tim. Mac Guffin avait sans doute découvert qu'il serait la prochaine victime. C'est pourquoi il a entouré d'un trait sa photo dans le journal.

— Mais pourquoi voulait-on tuer Lemon ?

— Lemon était promoteur immobilier, répondis-je naturellement, frappé par une évidence. Personne n'aime les promoteurs immobiliers. Donc je suppose que quelqu'un a payé Charon pour éliminer Lemon.

— L'homme qui faisait la quête pour les secouristes !

— C'était Charon. Et maintenant qu'il en a fini avec Lemon, il va s'occuper de sa prochaine victime.

— Tu veux parler de Boris... Godounov ?

— Boris Kusenov. Et nous devons l'en empêcher.

— Bon. Comment ?

— Nous allons à Amsterdam. »

Tim sursauta.

« Ce n'est pas le moment de partir en vacances, Nick. »

Je secouai la tête et montrai le ticket orné du patin à glace que j'avais découvert dans la chambre d'hôtel de Mac Guffin.

« Rappelle-toi, Tim, dis-je. Il y avait deux indices dans la chambre de Mac Guffin. La photo de Lemon et ceci.

— Et alors? demanda Tim en prenant le ticket.

— Regarde le numéro.

— 86 », lut Tim.

Ça ne lui évoquait rien, mais pour moi tout devenait clair. J'aurais dû y penser plus tôt.

« Waverly nous a dit que Mac Guffin travaillait avec les services secrets hollandais, souviens-toi. Il a précisé que l'agent contacté par Mac Guffin portait une sorte de numéro de code. Et ce numéro était le 86.

— 86! s'exclama Tim. Le même numéro que le ticket!

— Exact. Et maintenant, que nous apprend ce ticket? »

Tim loucha dessus et lut :

« Amstel Ijsbaan...

— Amstel. Qu'est-ce que c'est, à ton avis?

— Je ne sais pas. »

Moi, je savais. Quelque deux cents heures de cours de géographie au collège avaient quand même porté leurs fruits.

« L'Amstel est une rivière, Tim. Une rivière qui coule à Amsterdam. Ce ticket vient sans doute d'une patinoire d'Amsterdam. Il est probable que Mac Guffin et l'Agent 86 s'en servaient comme lieu de rendez-vous. Si nous allons là-bas, nous rencontrerons peut-être 86... et il pourra peut-être nous aider à retrouver Charon.

— Tu as raison, Nick! » s'exclama Tim en agitant le ticket d'un geste triomphant. Déjà il reprenait l'idée à son compte. « Allons à Amsterdam.

— Attends-moi ici. »

Je me glissai hors de la chambre. Une sourde inquiétude me tenaillait depuis que nous étions rentrés. Il planait dans la pension de famille une atmosphère qui me mettait mal à l'aise. Rien à voir avec le papier peint décoloré ni les hoquets des radiateurs. Je venais enfin d'identifier ce que c'était : nous n'avions croisé personne en arrivant. Le salon était désert et, encore maintenant, tout était silencieux. Trop silencieux. Je longeai le couloir sur la pointe des pieds. Je voulais savoir ce que Mme Jackson et ses pensionnaires faisaient, et pourquoi ils ne s'étaient pas montrés pour nous accueillir.

Ils se tenaient tous dans la cuisine. Or la cuisine se trouvait juste au-dessus de la salle de bains du premier étage. En m'allongeant sur le parquet, l'oreille collée contre un interstice, je distinguais leurs voix aussi nettement que si j'étais en bas. D'ailleurs j'y étais presque : une planche de bois, une couche de plâtre et seulement quarante centimètres de poussière me séparaient d'eux.

« C'est lui », disait Mme Jackson. Elle s'efforçait de chuchoter mais sa voix vibrait. Elle frôlait la crise d'hystérie. « Il a attaqué la banque et ensuite il a assassiné cet homme. J'en suis sûre ! » Mme Jackson avait regardé la télévision. Pas de chance...

« Calmez-vous, madame Jackson. » Ça, c'était l'Allemand, M. Webber.

« Il est en haut, dans la chambre numéro cinq, poursuivit Mme Jackson à mi-voix. Il pourrait bien s'en prendre à nous, maintenant. Où est M. Blondini ?

— Ficelé dans la baignoire.

— Vous feriez bien d'aller le détacher. »

Il y eut un petit déclic lorsque la porte s'ouvrit. Puis M. Ferguson, l'homme qui avait le vertige, prit la parole pour dire ce que je redoutais tant d'entendre : « Pourquoi ne pas appeler la police ?

— Bien sûr, acquiesça Mme Jackson. Tout de suite ! Je vais chercher le numéro du commissariat. »

Je sortis de la salle de bains et regagnai notre chambre.

« Il faut filer d'ici, Tim. Mme Jackson est en train d'appeler la police. »

Tim bondit du lit. Les ressorts bondirent eux aussi. Son visage avait pris la couleur des draps. Vert pâle.

« Faisons nos valises ! s'écria Tim.

— Nous n'avons pas de bagages.

— Alors, partons. »

J'ouvris la porte et m'aventurai dans le couloir sur la pointe des pieds. Je comptais les secondes dans ma tête. Mme Jackson avait-elle déjà prévenu la police ? Combien de temps leur faudrait-il pour arriver à la pension ? Je calculai qu'il nous restait environ cinq minutes. Tout ce que nous avions à faire, c'était de nous éclipser sans nous faire remarquer.

Les vieilles maisons sont bizarres. Si vous essayez de vous faufiler sans bruit, elles se mettent à craquer, à gémir, à tout faire pour vous dénoncer. Nous avions atteint le palier. La porte d'entrée était juste en face de nous et il n'y avait personne dans le hall. Mais la pension elle-même semblait nous épier. J'avais l'impression que les murs se resserraient autour de nous, que les ombres s'étiraient pour nous barrer le passage.

Au bas des marches, il n'y avait toujours personne en vue. Je commençais à croire que nous avions réussi lorsque...

« Allons-y! »

C'était la voix de Mme Jackson. Elle s'était cachée derrière la porte du salon. Tim faillit sauter au plafond. Moi, j'eus plutôt l'impression que c'était le plafond qui me sautait dessus. C'était la dernière chose à laquelle je m'attendais. Il y eut soudain du remue-ménage dans le vestibule, le bruit d'une cavalcade, et avant que nous ayons eu le temps de réagir, M. Ferguson, M. Webber et Harry Blondini bondirent sur nous. On saisit l'un de mes poignets, puis celui de Tim. La surprise nous avait paralysés, et maintenant il était trop tard. Je sentis le contact froid du métal contre ma main. Quelque chose tinta, cliqueta. On nous poussa en avant. Mme Jackson surgit du salon devant nous et (jamais je ne l'en aurais crue capable) elle tenait un revolver! En essayant de remuer la main, je compris ce qu'ils avaient fait.

Ils m'avaient enchaîné à Tim avec des menottes.

« Ne bougez pas, ordonna Mme Jackson. C'est

le revolver de mon défunt mari et il fonctionne encore. »

Tim voulut lever les mains au-dessus de sa tête. La chaîne me tira brutalement le poignet, mais je gardai la main baissée. Si bien que Tim se retrouva avec une seule main en l'air, comme un élève qui veut poser une question. Moi aussi, j'aurais bien posé une question. Où avaient-ils déniché ces menottes ? Puis je me souvins du métier de M. Blondini, le contorsionniste, roi de l'évasion.

D'un mouvement de son revolver, Mme Jackson nous indiqua l'entrée du salon. Les trois pensionnaires trottinèrent derrière nous.

« Nous avons réussi ! s'exclama M. Blondini d'un air réjoui, sanglé dans sa camisole de force favorite.

— Qui l'eût cru ! » dit Mme Jackson d'une voix fébrile. Le revolver tremblait dans sa main. « Un dangereux criminel dans ma maison.

— C'est faux ! protestai-je.

— C'est exact, acquiesça Tim. Je n'y suis pour rien.

— Tim n'a rien fait, madame Jackson. Vous devez me croire. Il est innocent. Laissez-nous partir. »

Mais Mme Jackson ne voulut pas en démordre.

« La police sera là dans cinq minutes, lança-t-elle d'un ton sévère. On verra bien s'ils vous laissent partir. »

Je regardai autour de moi dans l'espoir de trouver un moyen de sortir de ce mauvais pas, mais je ne pouvais rien faire tant que Mme Jackson pointait son revolver. Le revolver... Ce n'était pas la première fois que l'on me visait ainsi. Le Gros, Johnny Powers, le Grand Ed, tous m'avaient pris pour cible à un moment ou à un autre. Pourtant, en observant Mme Jackson, je décelai quelque chose d'anormal. Ce n'était pas elle, mais la façon dont elle tenait son revolver. Ou peut-être était-ce le revolver même qui était anormal...

Tout à coup, je compris.

« Vous avez une cigarette, madame Jackson ? demandai-je.

— Vous êtes trop jeune pour fumer, répondit Mme Jackson en fronçant les sourcils.

— Alors, pourquoi m'offrez-vous du feu ? » dis-je en montrant le revolver de ma main enchaînée. La main de Tim suivit le mouvement.

« Mais que... ? » bredouilla Tim.

A ce moment, la cloche de la porte tinta. La police était là.

« Fonce, Tim ! » criai-je.

Entraînant Tim avec moi, j'écartai Mme Jackson et m'élançai vers l'escalier. L'hésitation de Tim me causa une vive douleur dans le poignet. Il craignait peut-être que la vieille dame tire sur nous avant que nous ayons eu le temps d'atteindre la première marche. J'étais moins inquiet : ce n'était pas un vrai revolver que brandissait Mme Jackson, mais un briquet fantaisie. Comment avais-je deviné ? L'intuition, sans doute. Mais je dois avouer que le mot Dunhill (célèbre marque de briquets), gravé sur le canon, m'avait un peu aidé.

Nous grimpâmes les marches quatre à quatre et côte à côte. Je ne savais pas où j'allais, mais la police étant devant la porte, il n'y avait pas d'autre issue. Au moment de nous élancer dans le couloir, j'entendis Mme Jackson crier : « Ils sont au premier étage, chambre cinq ! » Encore un endroit qui nous était interdit. Je fonçai avec Tim jusqu'au deuxième étage et, cette fois, ce furent les pas des policiers qui résonnèrent sur les marches. La menotte me blessait le poignet et le sang n'irriguait plus le bout de mes doigts. Mais j'avais tellement peur qu'il me semblait que mon sang n'arrivait plus nulle part.

« Où allons-nous ? » dit Tim.

Mme Jackson nous avait aidés sans le vouloir en annonçant aux policiers que nous étions dans la chambre cinq. Car c'est là qu'ils se rendirent. On les entendait, à l'étage du dessous, brailler leurs semonces à travers la porte. Ils n'allaient pas tarder à l'enfoncer. Ça nous laissait encore quelques instants pour déguerpir.

Le couloir se terminait par une fenêtre. J'y courus en entraînant Tim. La fenêtre donnait sur l'arrière de l'hôtel. Il y avait une allée, large de deux mètres à peine, puis une petite bâtisse dont le toit se trouvait un peu en contrebas. Il était plat et recouvert de goudron noir.

« On peut sauter, Tim.

— Non, on ne peut pas.

— Il le faut. »

Il y eut soudain un terrible vacarme. Les policiers venaient de défoncer la porte de la chambre cinq, et sans doute le mur avec. Puis ils se mirent à hurler. J'ouvris la fenêtre et montai sur le rebord. Les menottes ne facilitaient pas les choses. Je jetai un coup d'œil en bas pendant que les policiers mettaient notre chambre à sac. Ils ne cessaient de brailler, on eût dit qu'ils s'amusaient comme des fous.

« Saute, Tim ! » Je m'élançai. Tim en fit autant. A nous deux, nous formions une sorte d'oiseau préhistorique maladroit. Pendant un horrible moment je crus ne jamais y arriver. Et si je n'y arrivais pas, Tim non plus. Car la chaîne qui nous reliait le précipiterait en arrière et nous finirions en tas d'os sur le pavé. Mais soudain mon torse entra brutalement en contact avec le toit goudronné. Mes jambes balançaient dans le vide, mais j'étais sauvé. Je basculai sur la droite. Tim était allongé à côté de moi.

« C'était moins une », souffla mon frère en s'essuyant le front. Et comme il avait levé sa main enchaînée, je dus moi aussi lui essuyer le front.

Le bâtiment sur lequel nous avions atterri était un immeuble de bureaux. Un vasistas dans le toit qui nous permit de rejoindre un petit escalier, puis une porte vitrée, et nous voilà dans la rue. Personne ne nous vit partir. Une douzaine de véhicules stationnaient le long du trottoir, mais tous les policiers surveillaient la pension de famille. Il nous fut donc facile de nous éclipser sans être remarqués. Tim et moi marchions en nous tenant la main. Le moins que l'on puisse dire, c'est que nous étions très attachés l'un à l'autre.

Traverser Londres une nouvelle fois présentait des risques, mais nous n'avions pas le choix. Pour aller à Amsterdam, nous devions prendre le bateau à Douvres. Et pour aller à Douvres, nous devions prendre le train à la gare Victoria. Cela signifiait qu'il nous faudrait marcher main dans la main à travers toute la ville, via Hyde Park et Knightbridge.

Vous n'imaginez pas combien il est difficile d'avancer au milieu de la foule quand on est relié à quelqu'un par quinze centimètres de chaîne. Après que nous nous fûmes empêtrés dans une contractuelle, deux réverbères et la laisse d'un chien pékinois, Tim tenta de héler un taxi. Ma main se leva avec la sienne. Deux taxis convergèrent en même temps vers nous et entrèrent en collision au milieu de la rue. Les laissant régler leurs comptes, nous plongeâmes dans une station de métro. C'était l'heure de pointe et les gens étaient tellement entassés que nous aurions pu avoir des menottes aux chevilles et au cou sans que personne le remarque.

Nos chances d'atteindre la gare Victoria étaient de un contre mille, pourtant nous réussîmes. En débouchant sur l'esplanade devant la gare, où un embouteillage de taxis et de bus formait une étonnante mosaïque noire et rouge, il ne nous restait plus qu'à trouver le bon train.

« Où sont les guichets ? » murmurai-je comme pour moi-même sans attendre de réponse. Malheureusement Tim m'entendit : « Je vais demander », dit-il en se retournant aussitôt pour questionner quelqu'un.

« Excusez-moi. Pouvez-vous me dire où se trouvent les guichets pour acheter les billets ?

— Certainement, monsieur. A votre service. C'est à gauche après la porte centrale. »

C'est le « A votre service » qui m'alerta. Je me retournai d'un bond et faillis mourir d'une crise cardiaque. Tim n'avait rien trouvé de mieux que de s'adresser à un agent de police.

Cela n'aurait rien eu de dramatique s'il en était resté là. Mais Tim, réalisant son étourderie, devint soudain tout rouge et se mit à gémir en se cachant la tête derrière son bras. Si l'agent de police n'avait rien remarqué d'anormal jusque-là, cette fois c'était fait. Je poussai rapidement Tim devant moi. Trop tard. D'un coup d'œil par-dessus mon épaule, je vis l'agent s'élancer à notre poursuite et sortir un émetteur radio pour donner l'alerte.

Désormais, impossible d'acheter des billets. La police allait commencer par nous chercher devant les guichets. Notre seule chance était de quitter Victoria le plus vite possible. Dans un train. J'entraînai Tim à travers la foule. Un express partait dans dix minutes à destination de Douvres. Allait-il démarrer avant que la police nous arrête? Je décidai de courir le risque.

C'était un vieux train. Quand il s'ébranla, quelques minutes plus tard, toutes les pièces métalliques se mirent à grincer. Je crus que les wagons allaient se désintégrer. Les voitures étaient composées de compartiments séparés pour huit personnes, avec une porte coulissante ouvrant sur un étroit couloir. J'avais l'impression de remonter le temps et je m'attendais presque à voir de la fumée passer devant la fenêtre, comme à l'époque des locomotives à vapeur.

Nous cherchions un compartiment vide. La chaîne cliquetait pendant que nous avancions dans le couloir, et je craignais à tout instant qu'on nous remarque. J'avais l'impression que nous étions aussi visibles que des pendus avec une corde autour du cou. Pourtant, personne ne fit attention à nous. Je commençais à me détendre lorsque le contrôleur surgit soudain au bout du couloir.

Avançant dans notre direction, il poinçonnait les tickets sans se presser, en bavardant avec les passagers. Bien sûr, nous aurions pu lui acheter des billets, mais je ne voulais pas qu'il voie Tim. Je voulais que personne ne le voie. Un seul regard un peu trop perspicace sur lui, et ce ne serait plus un compartiment que nous aurions, mais une cellule.

« Ici, Tim ! » J'ouvris la porte du compartiment le plus proche et le poussai à l'intérieur.

Il n'y avait qu'un seul passager, ou plutôt une passagère. Une jeune femme vêtue d'un élégant tailleur et d'un chemisier en soie. Elle avait l'allure d'une actrice ou d'une femme d'affaires du milieu de la mode. Bien qu'à peine plus âgée que Tim, on la sentait très sûre d'elle. Elle avait de longs cheveux blonds et le teint hâlé sous un maquillage discret. Le vert limpide de ses yeux évoquait les chats, les princesses égyptiennes et la sorcellerie. Elle était belle et le savait. Peut-être même en usait-elle. C'était le genre de personne qu'on ne s'attend pas à rencontrer dans un train. Sauf si le train leur appartient.

« Bonjour ! » lança la jeune femme en abaissant le roman policier qu'elle était en train de lire. Son simple bonjour m'apprit quelque chose à son sujet : elle n'était pas anglaise.

« Bonjour », répondit Tim d'une voix bizarre. Je glissai un regard vers mon frère. Ses joues étaient rouges et ses lèvres frémissantes. Je crus que le train lui avait donné mal au cœur, puis je réalisai qu'il souffrait d'un mal bien plus grave. Tim venait de tomber amoureux.

« Est-ce que ce libre est siège ?... Heu, je veux dire... est-ce que ce siège est libre ? bredouilla-t-il.

— Oui, je suis seule, répondit la jeune femme.

— Notre présence ne vous dérange pas ?

— Je suis ravie d'avoir de la compagnie », assura-t-elle avec un sourire.

Tim et moi nous assîmes en face d'elle. Tim avait sa main sur mon genou. Il s'en aperçut et la retira brusquement. Cette fois, c'est ma main qui atterrit sur son genou.

« Vous êtes ensemble ? s'enquit la jeune femme.

— Qui ? sursauta Tim. Oh... vous voulez dire... nous deux ? Oui. Nous voyageons ensemble. »

Elle me jeta un regard amusé.

« Cette chaîne sert-elle de signal d'alarme, ou bien voyagez-vous toujours comme ça ? »

Donc, elle avait vu les menottes. Nous étions fichus. Je m'apprêtais à lui expliquer la situation lorsque je m'aperçus qu'elle ne montrait aucun signe de panique et ne paraissait même pas inquiète. Était-il possible qu'elle fût de notre côté ?

Une seconde plus tard, on frappa à la porte. Le contrôleur était arrivé devant notre compartiment. « Les billets, s'il vous plaît ! » Il avait dû crier ça des millions de fois. Les yeux de Tim se mirent à ramper par terre. Je me tournai vers la jeune femme. Elle souriait.

« Oui, vous feriez mieux de vous cacher sous les banquettes », dit-elle.

Aussitôt dit, aussitôt fait. Nous n'avions plus le temps de discuter. Tim se jeta à plat ventre sous la banquette de la jeune femme, et moi sous l'autre. La chaîne était tendue au milieu : il fallait espérer que le contrôleur ne baisserait pas les yeux.

La porte coulissante s'ouvrit. « Votre billet, mademoiselle, je vous prie, dit le contrôleur.

— Le voici », répondit la jeune femme en se levant.

Je vis sa jambe gainée de nylon se planter devant mes yeux. Ma mère n'avait jamais eu des jambes pareilles. Ni des bas comme ça.

« Dans combien de temps arrivons-nous à Douvres ? questionna-t-elle.

— Dans une heure et demie, répondit le contrôleur.

— Merci.

— Merci à *vous*. »

La porte se referma.

Pendant que nous émergions de notre cachette, la jeune femme tira les rideaux de la fenêtre. Au même moment, une secousse ébranla le train. Nous quittions Victoria.

L'inconnue reprit sa place et examina Tim avec un amusement non déguisé.

« Vous êtes Tim Diamant, n'est-ce pas ? »

Tim acquiesça d'un simple hochement de tête.

« J'ai vu votre photo au journal télévisé. Allons, asseyez-vous. Je ne vais pas vous dénoncer. »

Nous nous assîmes. Maintenant je savais qu'elle n'était ni actrice, ni femme d'affaires. Je devinais qu'elle avait une activité très spéciale.

« Je m'appelle Charlotte Van Dam, poursuivit-elle. Je suis hollandaise et écrivain. J'écris des romans policiers. J'ai assisté à un colloque, à Londres, et maintenant je rentre chez moi.

— Très original », murmura Tim.

Elle ne nous avait pas encore dit la seule chose qui m'importait.

« Si vous savez qui il est, pourquoi n'avez-vous pas appelé la police ? »

Elle ignora ma question.

« C'est votre frère ? demanda Charlotte Van Dam à Tim.

— Oui.

— Très bien, dit-elle en me faisant face. Je sais reconnaître un innocent quand j'en vois un. Et votre frère a les plus beaux et les plus grands yeux innocents que j'aie jamais vus.

— Je vois, murmurai-je. Ils sont assortis à son beau, innocent et grand esprit. »

Charlotte Van Dam ne m'entendit pas, ou feignit de ne pas m'entendre.

« Dites-moi, Timothy, reprit-elle en se tournant vers mon frère. Qu'est-ce qui vous amène à Douvres ?

— Eh bien... le train », répondit Tim, avec sa finesse habituelle.

C'était une femme intelligente et je crus qu'elle allait comprendre tout de suite que mon frère avait quelques boulons manquants. Mais elle éclata de rire comme s'il avait sorti une boutade d'un humour irrésistible.

« Vous êtes le genre d'homme que j'ai toujours désiré rencontrer, ronronna-t-elle. Le genre d'homme que je décris dans mes romans.

— Pas étonnant qu'on n'ait jamais entendu parler de vos livres », remarquai-je.

Cette fois, Charlotte Van Dam m'entendit. Elle me jeta un regard ennuyé et je me dis que j'avais exagéré. Mais, franchement, tout cela était ridicule. Tim était en train de se fourvoyer dans une de ces scènes sentimentales qui s'éternisent toujours dans les vieux films. Avec une femme qu'il venait à peine de rencontrer! Et moi qui étais attaché à son poignet!

« J'aimerais savoir tout ce qui vous est arrivé, reprit Charlotte Van Dam. Pourquoi n'envoyez-vous pas votre petit frère dans le couloir?

— Ça me convient tout à fait, approuvai-je.

— Nous pourrons refermer la porte, suggéra Charlotte. Ainsi nous serons seuls.

— D'accord, je sors. »

Je me levai. Tim dut se plaquer contre la cloison.

« Vous savez où me trouver », ajoutai-je bien inutilement.

Voilà donc où nous en étions, Tim, à l'intérieur du compartiment contant ses aventures à sa nouvelle petite amie; moi, debout dans le couloir, le bras dans le dos, séparé de mon frère par la porte coulissante. La chaîne empêchait qu'on la ferme complètement, mais la porte nous donnait malgré tout une vague illusion d'intimité.

C'est alors qu'apparurent Snape et Boyle.

Ils avaient dû sauter dans le train juste avant le départ. Ils avaient sans doute couru, car ils transpiraient abondamment. Moi aussi, tout à coup, je me mis à transpirer. Mais il était hors de question que je coure.

« Nick Diamant ! fanfaronna Snape. Reste où tu es !

— Oh ! bonjour, inspecteur Snape, répondis-je en m'adossant contre la porte pour masquer mon bras. Vous emmenez Boyle au bord de la mer ? »

Boyle voulut plonger sur moi, mais le couloir était trop étroit et Snape lui bouchait le passage. Aussi se contenta-t-il de me foudroyer du regard par-dessus l'épaule de son patron.

« Ne faites pas attention à lui, Boyle, conseilla Snape en m'adressant un sourire. Alors, mon garçon, je suppose que tu ignores où se trouve ton grand frère ? »

Je haussai les épaules, ce qui n'était guère facile avec un bras enchaîné derrière le dos. Snape dut remarquer mon malaise car il baissa les yeux sur mon poignet.

« Qu'est-ce que c'est ?

— Oh ! un bracelet. D'un style très original.

— C'est curieux, on dirait une menotte.

— C'est ce qui fait son originalité. »

Snape n'avait pas envie de rire.

« Ça suffit, Diamant. Assez de bêtises.

— Nous savons que ton frère est là-dedans, grogna Boyle.

— Oui, reprit Snape. Alors tu ferais bien de t'écarter pour nous laisser ouvrir la porte. »

Je ne pouvais rien faire. Je ne pouvais pas prévenir Tim, ni courir, ni même bouger.

« Très bien, soupira Snape. Écartez-le de notre chemin, Boyle. »

Boyle ricana et fit un pas vers moi. Une main s'abattit sur mon cou et je me sentis soulevé de terre.

Puis le train s'enfonça dans un tunnel en sifflant, et tout devint noir.

9

ALLER SIMPLE

Pendant environ vingt secondes, personne ne bougea. Le train filait dans l'obscurité et le bruit des roues résonnait autour de nous. Puis le train resurgit dans la lumière du jour et tout s'anima soudain comme si quelqu'un venait d'appuyer sur le bouton « accéléré » d'un magnétoscope. La main de Boyle se resserra un peu plus autour de mon cou, sous le regard attentif de Snape. Mes pieds se balançaient dans le vide. J'étais toujours enchaîné à travers l'entrebâillement de la porte coulissante ; la chaîne se tendit davantage sous la poussée de Boyle. Je me demandais ce que Tim fabriquait de l'autre côté. S'était-il au moins rendu compte que la police m'avait « agrafé » ?

Le haut de mon crâne commençait à frôler le plafond du couloir lorsque la porte coulissa derrière moi. Le mouvement me fit pivoter sur moi-même et je découvris un phénomène incompréhensible : je n'étais plus enchaîné à Tim, mais à Charlotte.

« Que se passe-t-il ? questionna sèchement la jeune femme en foudroyant Boyle du regard. Reposez ce garçon par terre ! »

Boyle hésita, puis obéit.

« Vous devriez avoir honte, espèce de brute. »

Snape était encore plus ébahi que moi.

« Qui êtes-vous ? demanda-t-il.

— Je m'appelle Charlotte Van Dam. Je travaille aux Services sociaux de Douvres.

— Les Services sociaux ? s'étonna Snape, qui flairait quelque chose de louche, mais sans deviner quoi.

— Oui, répondit Charlotte. Ce pauvre garçon... a un frère recherché par la police, et ses parents l'ont abandonné. Je vais prendre soin de lui. »

Son petit laïus m'aurait donné envie de pleurer si je n'avais été si bien placé pour savoir que c'était faux. Il eut sur Boyle un effet similaire et je découvris un Boyle inconnu : les traits affaissés,

les lèvres frémissantes, le pauvre bougre était au bord des larmes.

Snape, en revanche, n'était pas dupe.

« Prendre soin de lui, hein ? grimaça-t-il. Alors pourquoi ces menottes ?

— Parce qu'il ne voulait pas que je m'occupe de lui, répliqua Charlotte.

— Figurez-vous que ce garçon est impliqué dans le vol d'une banque et qu'il a été témoin d'un meurtre. Sans compter que, ce matin, des témoins l'ont aperçu avec son frère aîné dans les parages de la gare Victoria !

— Ce n'était pas moi ! protestai-je. Mon frère aussi m'a abandonné. Personne ne veut de moi. »

Incroyable ! Une personne saine d'esprit n'aurait jamais cru à cette histoire, et pourtant Boyle se mit à renifler, l'œil humide.

« Ressaisissez-vous, Boyle, gronda Snape.

— Mes parents non plus ne m'aimaient pas, grimaça son subordonné.

— Ça ne m'étonne pas. Vous les avez fait arrêter tous les deux !

— Nicholas, tu ferais mieux de rentrer dans le compartiment », me dit Charlotte en tirant doucement sur les menottes.

Snape essaya d'entrer derrière moi, mais la jeune femme s'interposa en protestant : « Vous ne pouvez pas le laisser un peu tranquille ? Il ne sait plus où il en est ! »

Charlotte avait raison : j'étais plutôt abasourdi. Comment avait-elle réussi à ôter les menottes à Tim et à les enfiler à sa place ? Et, surtout, où avait disparu Tim ? Le compartiment était vide.

« Vous l'emmenez à Douvres ? questionna Snape d'un air peu convaincu.

— Oui, répondit Charlotte. Dans un orphelinat. C'est un endroit terrible. On a fait une journée portes ouvertes, l'année dernière. Personne n'est venu. »

C'en était trop pour Boyle. Il éclata en sanglots. Snape rougit, embarrassé.

« C'est bon, c'est bon ! grogna-t-il en poussant son adjoint dans le couloir. Désolé de vous avoir dérangée, mademoiselle Van Dam. En avant, Boyle !

— Moi aussi, je suis désolé », pleurnicha Boyle.

Mais je l'entendis à peine, car Charlotte avait déjà refermé la porte du compartiment.

Tim était tassé dans le porte-bagages — au-dessus de la porte. Dès qu'il fut certain que Snape et Boyle étaient partis pour de bon, il descendit avec la grâce et l'agilité d'une valise. Au même moment, le train commença à ralentir. Comme c'était un express direct jusqu'à

Douvres, je me dis que Snape avait dû demander au conducteur de les laisser descendre.

Je me tournai vers Charlotte. Nous étions toujours enchaînés.

« Êtes-vous magicienne ?

— Non, répondit-elle en souriant. Mais le propriétaire des menottes l'était. »

Mais oui, bien sûr ! Harry Blondini ! Il était le seul à avoir pu procurer des menottes à Mme Jackson, et c'était un roi de l'évasion.

« Ce sont des menottes truquées », expliqua Charlotte.

Elle pressa un petit bouton dissimulé à l'intérieur de la serrure et sa menotte s'ouvrit. Je fis la même chose de mon côté et ma main fut libre.

« Comment avez-vous deviné ?

— Je suis écrivain, répondit Charlotte en donnant les menottes à Tim. J'ai écrit un roman dans lequel l'assassin était un prestidigitateur amateur. Ça s'appelait *M comme meurtre sans préméditation*. J'ai porté des menottes pendant six mois en écrivant le livre.

— Pour vous imprégner de l'atmosphère ? s'enquit Tim.

— Non, parce que j'avais perdu la clef. Ensuite, je me suis servie de menottes truquées, semblables à celles-ci.

— Maintenant, nous n'en aurons plus besoin », déclara Tim.

— Tim ! Attends ! » hurlai-je.

Trop tard. Joignant le geste à la parole, Tim avait jeté les menottes par la fenêtre. J'avais vraiment un frère impossible. Pour les bêtises, il était imbattable. Même en rase campagne, ç'aurait été une erreur de jeter les menottes. Or le train était arrêté dans une gare et les menottes venaient d'atterrir sur le quai, juste aux pieds de Snape et de Boyle.

Le train redémarrait déjà. Au moins, les deux policiers ne pourraient pas remonter dedans. C'était toujours ça de pris. Je me précipitai à la fenêtre et aperçus Snape qui ramassait les menottes. Boyle sanglotait toujours dans son mouchoir. Snape lui glissa quelques mots en regardant dans ma direction. Boyle poussa un juron et essora son mouchoir. Puis les deux hommes se ruèrent vers le guichet de la gare.

« Bravo, Tim. Tu es vraiment fortiche, grommelai-je d'un air morose.

— Ton frère m'a raconté vos mésaventures, m'interrompit Charlotte. Je vais vous aider à retrouver l'homme que vous cherchez.

— 86 ?

— Oui. L'agent secret. Je peux aller à l'Amstel Ijsbaan à votre place.

— Vous savez où c'est ?

— Bien sûr. J'habite Amsterdam et je parle le

hollandais. Laissez-moi vous aider. J'irai à la patinoire.

— Mais, Charlotte, ça pourrait être dangereux, objecta Tim en secouant la tête.

— Vous risquez de tomber sur Charon, ajoutai-je.

— Et de glisser sur la glace », renchérit mon frère.

Charlotte se rapprocha de Tim et leva sur lui un regard plein d'adoration. On entendait presque les violons jouer en arrière-plan. Elle était tombée amoureuse de lui ! La pauvre devait avoir perdu un boulon. Peut-être même une boîte entière de boulons !

« J'ai tellement peur, Tim, murmura Charlotte. Allez-vous mettre votre bras sur mon épaule ?

— Pas si ça vous effraie !

— Non, soupira Charlotte. Je veux que vous mettiez votre bras sur mon épaule *parce que* j'ai peur. »

Elle embrassa doucement chacun de ses doigts. Je tournai la tête, écœuré, espérant qu'elle ne continuerait pas sur ses orteils.

« De quoi avez-vous peur ? lui demanda Tim.

— Que vous vous blessiez en sautant du train, répondit Charlotte.

— Quoi ?! » s'étrangla Tim.

Je faillis m'étrangler, moi aussi.

« Mais... Charlotte... Le train ne s'arrête pas...
— Je sais, le coupa Charlotte d'un ton très sérieux. Mais puisque vous avez jeté les menottes sur le quai de la gare, les deux inspecteurs ont dû réaliser que vous les avez bernés et ils auront donné l'alerte par téléphone. La gare de Douvres grouillera de policiers.
— Oui, mais..., bredouilla Tim. Et si nous tirions la sonnette d'alarme pour arrêter le train ?
— Ils comprendront que vous êtes descendus en route, objecta Charlotte.
— Et on aura une amende de 50 livres, précisai-je.
— D'accord, mais... attendez... non... nous n'allons pas sauter... ! »

Si. Nous sautâmes.

Environ dix minutes avant Douvres, afin de ne pas être obligés de marcher trop longtemps (en supposant que nous serions encore capables de marcher après avoir sauté du train en marche). A l'endroit où la voie contournait une colline, le train se mit à ralentir. C'était l'endroit idéal pour sauter. Pourtant le convoi roulait encore à soixante kilomètres-heure et, quand Charlotte ouvrit la portière, le vent se rua sur nous comme une mère hystérique et nous gifla avec violence. Le flanc de la colline descendait en pente escarpée. Par chance, l'herbe était haute et dense, et parsemée de coquelicots qui feraient le meilleur effet sur notre tombe.

« Charlotte... ? » commença Tim.

Mais le vent emporta ses paroles.

« Bonne chance ! » cria la jeune femme.

Tim disparut, comme une poupée trop grande jetée de la caisse à jouets. Je ne le vis pas toucher le sol. Heureusement. Si je l'avais vu, j'aurais perdu tout mon courage. Je retins mon souffle et sautai. Le vent me saisit et je m'abandonnai à lui. Le train devint une traînée floue qui s'échappa bientôt de mon champ de vision. Les herbes hautes surgirent tout autour de moi. Je ressentis un choc brutal quand mon épaule entra en contact avec le sol. Puis tout devint vert, bleu, vert, bleu, vert, à mesure que je roulais jusqu'en bas de la colline, entre ciel et herbe. Je dus faire une vingtaine de roulades, avant de m'immobiliser, à bout de souffle et à demi conscient. Une paire d'yeux que je crus reconnaître se pencha au-dessus de moi. « Tim ? » murmurai-je. « Meuhhhh », fit une voix. C'était une vache, aussi surprise que moi de me trouver vivant.

Je m'assis avec précaution, bougeai les orteils et me remis debout. J'avais des contusions partout, une entaille sur le menton, mais apparemment rien de cassé. Où était Tim ? Je jetai un coup d'œil autour de moi, en essayant de faire taire l'angoisse qui m'envahissait. Et s'il était blessé ?

Un grognement s'éleva à une dizaine de mètres, puis la tête de mon frère émergea au milieu d'un petit buisson. En réalité, c'était un gros buisson avant qu'il ne l'écrase. Tim avait eu moins de chance que moi. Il avait roulé dans une demi-douzaine d'orties, une touffe de chardons, une bouse de vache, avant de finir sa course dans le buisson épineux. Il était couvert de piqûres, sentait mauvais, sa chemise neuve était déchirée et il avait perdu ses chaussures. A part ça, il allait bien.

« La prochaine fois, nous prendrons le bus », grommela-t-il tandis que j'essayais de l'épousseter. La vache approcha d'un pas traînant et entreprit de lui mordiller la manche. « Va-t'en ! » cria Tim. La vache baissa la tête et mordit dans une de ses chaussures.

Tim pourchassa la vache et récupéra son autre chaussure. Laissant la voie ferrée derrière nous, nous traversâmes le champ et découvrîmes une trouée dans la haie. Elle débouchait sur une petite route. Nous fiant à notre seul flair, nous prîmes à gauche. Question flair, le nez de Tim avait subi tellement de piqûres qu'il indiquait deux directions opposées.

Mon frère ne se plaignait pas. Il boitillait à côté de moi, plongé dans ses pensées. Pendant un long moment, aucun de nous ne dit mot. Finalement, Tim poussa un soupir déchirant : « Ah, Charlotte ! » J'avais deviné qu'il pensait à elle.

« Il y a de la poésie dans ce prénom. Tu ne trouves pas, Nick ?

— Si, acquiesçai-je. Charlotte rime avec parlotte.

— Tu sais, poursuivit Tim, ignorant mon sarcasme, je crois vraiment que je lui plais.

— Une chose est sûre, elle te souriait en te poussant du train. »

Nous arrivâmes à un croisement. Une pancarte indiquait la direction de Douvres mais sans préciser la distance.

« A combien de kilomètres crois-tu que nous en sommes ? demanda Tim.

— Pas plus de trois kilomètres, je pense. »

Tim fit la grimace.

« Je ne suis pas sûr d'y arriver, Nick. J'ai dû me fouler les deux chevilles. »

Je baissai les yeux.

« Non, Tim. Tu ne t'es pas foulé les chevilles. Tu t'es simplement trompé de pied en enfilant tes chaussures.

— Oh ! »

La route continua ainsi pendant un petit moment, avant de déboucher sur la côte. Nous étions en surplomb au-dessus de la mer bleue étincelante. Le port de Douvres formait une sorte de main noueuse et entre ses doigts de ciment glissaient un ferry et un hovercraft. A gauche et à droite, aussi loin que portait notre regard, un ruban blanc s'étirait sous le soleil : les falaises de Douvres. Nous étions arrivés à l'extrémité de l'Angleterre. Maintenant, il fallait aller plus loin, au-delà de la mer, loin de chez nous.

Dans le port, personne ne nous prêta attention. La police nous attendait peut-être à la gare, ou bien avait abandonné les recherches. Un ferry levait l'ancre pour Ostende dans dix minutes. Malgré ce que j'avais économisé sur le vol de la banque, nous étions à court de liquidités et il fallut nous contenter de billets aller simple.

Mais, ainsi que je l'expliquai à mon frère, si nous ne trouvions pas Charon à Amsterdam, nous avions peu d'espoir de retour.

10

L'AGENT SECRET

Il y a peu de critiques à faire sur Amsterdam. Sinon que cette ville a trop de canaux, trop de touristes, et que la plupart de ses immeubles semblent avoir été construits avec un jeu de Lego incomplet. Et puis les Hollandais mettent de la mayonnaise sur leurs frites. Mais si vous aimez le vélo, les rues pavées, les échoppes de fleurs et les églises, vous pourriez tomber plus mal.

Nous étions arrivés le lendemain matin de notre départ. Depuis Ostende, nous avions fait de l'auto-stop. Amsterdam a un autre avantage. Après trois heures passées avec un chauffeur de camion, un vendeur de fromages et un jongleur professionnel (qui nous avait déposés dans le centre-ville), nous nous étions aperçus que presque tout le monde parlait anglais. Heureusement ! A peine avions-nous commencé à chercher Amstel Ijsbaan que nous étions déjà complètement perdus. Les panneaux de signalisation étaient incompréhensibles, pour ne pas dire illisibles.

Jamais nous n'aurions réussi à trouver notre chemin si nous n'avions pas interrogé les passants, mais ce n'était pas toujours facile.

Moi : « Excusez-moi, nous cherchons Amstel Ijsbaan. »

L'autochtone, amical : « Suivez le canal. Tournez à gauche au canal. Continuez jusqu'à ce que vous trouviez un canal. C'est situé sur un canal. »

Amsterdam possède des centaines de canaux qui se ressemblent tous. En fait, si vous allez en vacances à Amsterdam, il vous suffira de prendre une seule photo et de la faire tirer en une douzaine d'exemplaires. Nous avions erré pendant une heure et demie avant d'atteindre enfin notre but : un édifice bas et carré, à la sortie de la ville, construit sur l'unique terrain dégagé existant. A l'image du bâtiment lui-même, l'enseigne était vétuste et nécessitait quelques réparations. On y lisait : AMS EL IJSBAAN.

« Il n'y a pas de T, remarquai-je.

— Ça ne fait rien, je n'ai pas soif », répondit Tim.

Une vieille femme se tenait assise derrière un guichet vitré. Soit elle avait une maladie de peau, soit la vitre avait besoin d'un coup d'éponge. A notre approche, la caissière posa le livre de poche avachi qu'elle était en train de lire et leva sur Tim un regard soupçonneux. Je réalisai que peu de gens devaient patiner à cette époque de l'année. Le hall d'entrée était vide, et l'établissement silencieux. Une affiche défraîchie annonçait « *La Cerisaie* sur glace ». Allez savoir pourquoi, j'éprouvai un certain plaisir d'avoir manqué ce spectacle.

« *Kan ik u misschien helpen?* » demanda la femme.

On eût dit qu'elle se gargarisait : c'est l'effet que produit le hollandais sur les étrangers.

Tim la dévisagea.

« *Hoevel kaartjes wilt u?* » poursuivit-elle d'un ton revêche.

Pas besoin d'être Einstein pour deviner ce qu'elle disait. Après tout, cette femme vendait des tickets d'entrée et c'est ce dont nous avions besoin. Pourtant Tim restait là, figé sur place, marmonnant des mots qui ressemblaient vaguement à de l'allemand de classe maternelle. Je décidai d'intervenir.

« *Twee kaartjes alstublieft* », dis-je à la caissière en poussant quelques pièces de monnaie sur le guichet. Elle émit un grognement, nous tendit deux tickets, puis replongea dans son livre.

« Que lui as-tu dit? s'étonna Tim.

— Deux billets d'entrée.

— Quand as-tu appris à parler le hollandais?

— Sur le ferry. J'ai feuilleté une méthode Assimil. »

Le visage de Tim s'illumina.

« Tu es génial, Nick!

— N'exagérons rien. C'est la seule phrase dont je me souviens. »

Après que nous eûmes franchi une porte à double battant, les bruits de la patinoire nous parvinrent. Ou, plus exactement, la musique qui grésillait dans les haut-parleurs. Je m'aperçus que Tim s'était procuré une paire de patins.

« Nous sommes là pour trouver 86, Tim. Pas pour patiner.

— 86 est peut-être sur la glace.

— D'accord, mais... tu sais patiner?

— Si je sais patiner? Si je sais patiner! »

Tim ne savait pas patiner. Il tomba trois fois, avant même d'atteindre la piste de glace. Je l'abandonnai à son sort pour partir à la recherche de l'agent secret. Comment le reconnaître? Je l'imaginais mal portant un macaron avec le chiffre 86 inscrit dessus. Un tatouage, peut-être? Je décidai de repérer tous les gens d'allure bizarre ou déplacée. L'ennui, dans une vétuste patinoire hollandaise en plein été, c'est que *tout le monde* a l'air déplacé.

On eût dit l'intérieur d'un hangar d'avions. La patinoire était immense. De forme rectangulaire, elle était entourée par cinq rangées de sièges en plastique disposés en gradins, avec une cabine de surveillance à une extrémité, et la terrasse en ciment d'un café à l'autre bout. Tout était miteux, démodé... et froid. La glace fumait littéralement, saisissant l'air chaud de l'extérieur pour le refroidir. La demi-douzaine de patineurs qui évoluaient sur la piste se fondaient dans la brume comme d'étranges fantômes dansant.

Il y avait également une poignée de spectateurs. Parmi eux, une vieille dame qui tricotait. Elle avait peut-être quatre-vingt-six ans, mais je doutais qu'elle fût agent secret. Un vendeur de glaces se tenait dans un coin, la mine déprimée, personne ne lui achetait d'esquimaux. Aucun des prix affichés n'approchait le chiffre 86. Il y avait aussi un barbu en manteau blanc. Il brandissait une petite pancarte dans chaque main : un 8 et un 6. Mon cœur fit un bond, mais le barbu reposa les pancartes sur une pile, et je réalisai qu'il était en train de nettoyer les cartons de note des juges.

Je jetai un coup d'œil du côté de Tim. Il était encore tombé. Ou alors il essayait de patiner sur le nez.

Cependant, il y avait un excellent patineur, un vrai professionnel, vêtu d'une tenue noire. Si vous avez déjà regardé des bons patineurs, vous savez qu'ils évoluent sur la piste sans paraître fournir aucun effort. On dirait qu'ils volent. Eh bien, cet homme en noir avait cette même allure pleine d'aisance. Je l'observai tandis qu'il décrivait une immense figure en huit, puis tournai le dos à la piste pour continuer mon inspection.

C'est à ce moment que je les vis. Ils se tenaient assis au milieu du rang le plus élevé, leurs longues jambes étendues sur les dossiers du rang inférieur. L'un était grand et mince, en complet gris et nœud papillon. Un jour, il avait dû avoir une sérieuse dispute avec quelqu'un, et quand je dis sérieuse, je pèse mes mots. Le quelqu'un en question avait laissé sa marque, sous la forme d'une cicatrice qui démarrait au coin de l'œil gauche et descendait jusqu'au cou. Jamais je n'avais vu une cicatrice pareille. On aurait dit la fente d'une boîte aux lettres. Son compagnon était plus petit, vêtu d'un jean, d'un tee-shirt blanc et d'un blouson de cuir. Sous ses cheveux gominés, son visage semblait avoir été sculpté par deux énormes pouces. Celui-là n'avait pas besoin de cicatrice : il était naturellement laid.

Pourquoi les avais-je remarqués ? C'est simple. Ils ne regardaient pas la piste. J'eus la sensation que c'était moi qu'ils observaient, et en longeant les sièges, quelques rangs plus bas, je sentis deux paires d'yeux pivoter et se coller à moi comme des sangsues dans un marécage. Tout en marchant, je me demandai si l'un deux était l'Agent 86, mais je ne me risquai pas à leur poser la question. Je préférais ne pas le savoir.

La musique classique fit place à un air de jazz. Tim se mit à se trémousser. Le patineur professionnel, lui, entama un autre cercle. Le Balafré et l'Affreux n'avaient pas bougé, mais maintenant ils regardaient ailleurs. Je décidai de les ignorer. Leur mine patibulaire ne prouvait rien. De toute façon, comment auraient-ils pu nous suivre jusqu'à la patinoire ? C'étaient juste deux types à l'air bizarre qui profitaient de leur jour de congé.

Où était donc 86 ?

Je grimpai jusqu'au dernier rang pour jeter un coup d'œil au siège 86, qui était vide, et me retournai face à la piste. Assis sur la glace, Tim secouait la tête d'un air dépité. Soudain, je faillis pousser un cri de joie. Le patineur en tenue noire venait d'effectuer deux figures autour de Tim : les lames de ses patins avaient dessiné sur la glace un huit et un six.

Je redescendis en courant. Grave erreur. J'aurais dû dissimuler mon excitation. Je ne m'en rendis pas compte sur le moment, mais je le regrettai cruellement par la suite.

Le Balafré et l'Affreux m'avaient observé.

Le costume noir se trouvait dans les vestiaires, mais le patineur n'était plus dedans. Il prenait une douche. Enfin il sortit de la cabine, une serviette blanche nouée autour de la taille. C'était un homme athlétique, aux épaules carrées et au torse puissant. L'eau luisait sur ses muscles. Il avait la peau pâle, un peu grise, et des yeux qui me rappelaient vaguement notre vieil ami Mac Guffin. Il s'assit entre Tim et moi sans paraître nous remarquer. Je me penchai vers lui en chuchotant :

« Quatre-vingt-six? »

L'homme fit comme s'il ne m'avait pas entendu, puis tourna lentement la tête pour me dévisager d'un regard inexpressif.

« Je ne vous connais pas, dit-il.

— J'adore le patinage, intervint Tim. Vous faites toujours ce genre de figures?

— Oui, et alors? répondit-il dans un anglais presque parfait, teinté d'un léger accent américain.

— Je suis un ami d'un de vos amis, expliqua Tim. Un certain Mac Muffin.

— Mac Guffin », rectifiai-je.

Le patineur secoua la tête. L'eau s'égoutta de ses cheveux.

« Je ne connais personne de ce nom. »

Tim sourit. Il jouait au détective privé : plus glacé que la glace de la patinoire.

« Il y autre chose que vous ne savez pas. Mac Guffin est mort. »

La nouvelle le laissa froid.

« Qui êtes-vous ? demanda-t-il.

— Je m'appelle Tim Diamant. Je suis détective privé.

— Et vous, monsieur ? questionnai-je.

— Rushmore. Hugo Rushmore. Désolé d'apprendre la mort de votre ami, mais je ne peux pas vous aider. Je ne suis qu'un patineur, rien de plus. »

Pendant un moment je le crus presque. Mais les figures tracées sur la glace ne pouvaient être une simple coïncidence. Et sans l'agent 86, nous étions perdus. Je fis une dernière tentative. « Je vous en prie, monsieur Rushmore. Aidez-nous. » Toujours pas de réaction. Je me souvins alors du ticket trouvé dans la chambre d'hôtel de Mac Guffin, qui nous avait conduits jusqu'ici. Il était toujours dans ma poche.

« Mac Guffin nous a donné ça, monsieur Rushmore, dis-je en lui montrant le ticket. Avant de mourir. »

Rushmore prit le ticket. J'eus l'impression d'avoir prononcé le mot de passe ou d'avoir appuyé sur le bon bouton. Une lumière avait brillé dans ses yeux.

« Très bien, dit Rushmore. Allons boire un verre. »

Il nous guida jusqu'à la terrasse de café que j'avais aperçue un peu plus tôt. On y avait une vue d'ensemble sur toute la patinoire. Pourtant, soit parce que la température extérieure s'était encore réchauffée, soit parce que la glace s'était refroidie, la brume était si dense qu'on voyait à peine au travers. Deux silhouettes se dessinaient vaguement et je crus reconnaître le Balafré et l'Affreux, mais ils étaient trop loin et la brume les engloutit. Rushmore avait commandé un Coca pour lui et pour nous des laits frappés, qui auraient été meilleurs si quelqu'un avait pensé à frapper le lait.

« Je ne peux pas vous apprendre grand-chose, commença Rushmore. Je travaille un peu pour les services secrets hollandais...

— Quel genre de travail ? demanda Tim.

— C'est un secret. Mais je peux dire ceci. On m'a donné l'ordre de veiller sur Mac Guffin pendant son séjour ici. Son patron, M. Waverly, voulait à tout prix retrouver Charon. Pourtant une chose m'intriguait, poursuivit Rushmore après une hésitation. Waverly avait omis de préciser un détail à Mac Guffin.

— Vous voulez dire que Waverly lui cachait une information ? m'étonnai-je.

— Tout juste. Il existait un lien entre Waverly et Charon. Comme si, d'une certaine façon, ils se connaissaient. Jake sentait qu'il y avait quelque chose de louche dans cette affaire, mais il ne savait pas quoi. »

Un lien entre Waverly et Charon. Impossible ! N'était-ce pas Waverly qui voulait retrouver Charon ? Tout cela était très déroutant.

« Que venait faire Mac Guffin en Hollande ?

— Jake avait suivi Charon jusqu'ici, répondit Rushmore en finissant son Coca. La dernière fois que je l'ai vu, il projetait d'aller fouiller une vieille maison située en dehors de la ville.

— Vous savez laquelle ?

— Oui. La villa De Winter. Elle se trouve à une vingtaine de kilomètres d'Amsterdam.

— Vous pourriez nous y conduire ?

— Ça risque d'être dangereux.

— Très juste, approuva Tim. Vous entrerez le premier. »

Le regard de Rushmore erra un instant entre Tim et moi. Je crois qu'il avait du mal à nous situer. Mais la nouvelle de la mort de Mac Guffin l'avait secoué. Il voulait nous aider. « Bien, dit-il. La patinoire ferme à six heures. Revenez à cinq heures et demie. Je vous conduirai là-bas ce soir.

— Très bien. A tout à l'heure, monsieur le patineur, murmurai-je en me levant.

— Ouais. Et gare aux bobos, Hugo », crut bon d'ajouter Tim.

J'essayai de distinguer les deux silhouettes à travers la brume, mais la patinoire était vide. Les deux affreux étaient partis.

Après avoir passé l'après-midi dans Amsterdam, nous étions de retour à la patinoire à six heures. Bien qu'il fît encore jour, la patinoire semblait baigner dans une sorte de nuit polaire artificielle. La caissière partie, les lumières éteintes, c'est à peine si les fenêtres, avec leurs vitres givrées et leurs barreaux, laissaient entrer la lumière extérieure. La patinoire elle-même était silencieuse et déserte, un voile de brume flottait toujours à la surface de la glace. Il n'y avait plus de musique. Seule la machine à fabriquer la glace restait en activité. On l'entendait bourdonner et siffler, telle une mystérieuse créature mythique, et ses tuyaux s'étiraient comme des tentacules, frigorifiant tout ce qu'ils touchaient.

« Où est-il ? » soufflai-je à mi-voix. L'air glacial s'empara de mes paroles pour les emporter dans les chevrons du plafond. « Où est-il? Où est-il? Où est-il? Où est-il? » Je pouvais presque entendre l'écho.

Sur la glace, la brume tournoyait et glissait vers nous.

« Mais que...? » bredouilla Tim.

Il y avait quelque chose sur la patinoire. Juste au milieu. Un petit tas. Comme une pile de vêtements.

« Attends-moi ici, Tim. »

J'enjambai la barrière et m'avançai prudemment sur la glace. Le froid s'infiltrait à travers mes semelles. Un de mes pieds glissa mais je réussis à garder mon équilibre. J'entendais les tuyauteries ronronner doucement. La brume s'enroulait autour de mes chevilles. J'avais envie de courir mais j'étais obligé d'aller doucement.

J'arrivai enfin devant ce qui ressemblait à un tas de vêtements.

C'était Rushmore. On l'avait sans doute abattu au moment où il traversait la patinoire à notre rencontre. Quelqu'un avait découvert qui il était et s'était arrangé pour qu'il ne nous aide pas.

L'agent secret avait reçu deux coups. Les lames étaient encore enfoncées dans son dos, l'une entre les épaules, l'autre juste au-dessus de la taille. Autour de son bras tendu, il y avait une flaque de sang, déjà solidifiée par le froid.

Je jetai un dernier regard sur le corps de Rushmore et sur les lames, longues et argentées, à l'usage si terriblement approprié. Car celui qui avait tué Hugo Rushmore, patineur professionnel et espion, ne s'était pas servi d'un poignard.

Il l'avait assassiné avec une paire de patins à glace.

11

BLÉ CONCASSÉ

Il nous restait juste assez d'argent pour passer la nuit dans un hôtel bon marché. Nos finances approchaient de zéro, et nous aussi. Rushmore, le seul maillon de la chaîne qui pouvait nous conduire à Charon, avait été tué. Pire : Charon était au courant de notre présence à Amsterdam. Sinon, comment nous aurait-il devancés à la patinoire ?

A notre arrivée au motel Van Bates, il pleuvait. Le directeur était un petit homme mince plein de tics, qui ne parlait pas un mot d'anglais. Sa mère nous servit d'interprète. Tout ce que nous désirions c'était une douche et un lit, mais la douche ne fonctionnait pas et, comme il fallait s'y attendre, Tim s'octroya le lit. J'allumai la télévision posée dans un coin. Elle était branchée sur la BBC... C'était l'heure des informations. Je n'avais pas très envie d'écouter les nouvelles, mais j'étais content d'entendre parler une langue familière. Je prêtai donc l'oreille et je n'eus pas à le regretter.

Un reporter apparut sur l'écran. Il se tenait devant la salle des ventes de Sotheby's, dans Bond Street, à Londres.

« *Boris Kusenov...* » Ce furent les deux premiers mots que j'entendis et qui, bien sûr, captèrent mon attention. « ... *est considéré comme un personnage clef dans la lutte pour le pouvoir au Kremlin.* »

L'image changea. Le reporter était maintenant à l'intérieur de la salle des ventes, devant un grand tableau. Pendant un instant je crus que la télévision était cassée, puis je compris que c'était de l'art moderne.

« *Kusenov est venu en Angleterre pour acheter une œuvre du peintre surréaliste Salvador Dali* », poursuivit le journaliste. « *Ce tableau s'intitule* La Fête du tsar *et représente le tsar Nicolas II offrant du pain rassis à ses serfs mécontents...* »

C'était peut-être ce que voyait le journaliste. Moi, j'aurais plutôt décrit une montre tordue à côté d'un grand lac rose qu'examinaient deux amibes géantes. Kusenov avait-il vraiment fait tout ce voyage depuis Moscou pour acheter ça? La tête du journaliste reparut sur l'écran, et il répondit à ma question.

« *Kusenov est venu à l'improviste en Grande-Bretagne, afin d'acquérir ce tableau qu'il considère comme propriété de la Russie. Bien que l'œuvre soit estimée à près d'un million de livres sterling, Kusenov participera aux enchères qui auront lieu dans deux jours.* »

Le journaliste adressa un sourire niais à la caméra avant de disparaître de l'écran pour laisser la place aux informations suivantes.

« *La police a complètement perdu la trace du dangereux criminel Tim Diamant, qui...* »

J'éteignis la télé. J'en avais appris suffisamment au sujet de Kusenov.

« Kusenov », murmurai-je. Tim s'était redressé sur le lit en entendant son nom. « Kusenov est déjà en Angleterre, dis-je.

— C'est si grave que ça? »

Je poussai un soupir. Ce n'était pas grave, c'était dramatique.

« Ça signifie que le temps presse, Tim. Charon peut opérer à n'importe quel moment. Il faut que nous trouvions cette villa De Winter, ajoutai-je après un instant de réflexion. Nous avons besoin d'aide.

— Charlotte ! s'exclama Tim, le regard illuminé.

— Tu ferais bien de l'appeler. »

Tim téléphona à Charlotte. C'était un de ces vieux postes munis d'un écouteur, qui me permit d'entendre toute la conversation. La sonnerie retentit environ six fois avant que Charlotte décroche.

« Allô ? dit-elle en hollandais.

— Charlotte ? C'est moi, Tim.

— Tim ? »

Il y eut un silence. Je soupçonnai Charlotte d'avoir oublié qui était Tim. Mais elle reprit, le souffle court : « Dieu merci ! vous m'appelez enfin. Il faut que je vous voie. Je crois que j'ai trouvé quelque chose.

— Quoi ? demanda Tim.

— Je ne peux pas vous le dire maintenant. Pas au téléphone. Retrouvons-nous dans un endroit sûr. »

Charlotte se tut, et je n'entendis plus qu'un halètement sonore. Il me fallut quelques secondes pour réaliser qu'il venait de Tim. Puis Charlotte reprit : « À la sortie d'Amsterdam, dans le Flavoland. Il y a un croisement et un arrêt d'autobus. Retrouvons-nous là-bas demain matin, à neuf heures.

— Demain matin ? se lamenta Tim. Mais ça fait toute une journée à attendre !

— Je sais.

— Bien, j'y serai. »

Tim raccrocha. Il avait la paupière papillonnante, la lèvre frémissante. Un instant je le crus malade, mais à son sourire je compris que c'était bien plus grave : il était amoureux.

« Demain, après le Flavobahn, dans l'Autoland, dit Tim d'une voix mécanique.

— J'ai entendu, Tim. »

Oui, j'avais entendu. Charlotte avait peur, Rushmore était mort, et Charon paraissait rôder partout. Combien de temps lui faudrait-il pour nous repérer ?

Vous prenez un autobus pour sortir d'Amsterdam par le nord, et vous arrivez bientôt dans le Flavoland. C'est facile à reconnaître : si vous cherchez un point de vue et que vous n'en trouvez aucun, c'est que vous y êtes. Le Flavoland était autrefois le fond de la mer, jusqu'au jour où quelqu'un a eu la brillante idée de repousser l'eau plus loin. Le résultat ? une zone très vaste, très plate, très déserte. Les agriculteurs y cultivent les céréales ; en fait, là-bas, on ne voit que ça : des champs de blé, de maïs, d'orge, d'avoine, qui s'étendent jusqu'à l'horizon aussi plat qu'un disque. Dans le Flavoland, il n'y a pas une colline, pas un arbre, et les oiseaux s'ennuient trop pour avoir envie de chanter.

L'unique arrêt d'autobus se trouvait près de l'intersection mentionnée par Charlotte. Le conducteur du bus essaya de nous dissuader de descendre à cet endroit. Il devait nous prendre pour des fous.

« Quand passe le prochain bus ? lui demandai-je avant de descendre, inquiet pour notre retour.

— Demain », répondit le conducteur.

Le bus redémarra dans un nuage de poussière, nous laissant seuls avec le vent et les champs de blé.

Vraiment très seuls.

Je regardai derrière moi. Rien. Devant moi. Rien. Il n'y avait que le ruban de la route, qui fuyait d'un côté et de l'autre, et le bus n'était déjà plus qu'un point noir disparaissant au loin. Le blé frémissait doucement sous la brise. C'était une chaude journée. Le soleil tapait dur et il n'y avait ni relief ni arbre pour donner de l'ombre. Nous nous trouvions au milieu d'une gigantesque poêle à frire. Et aucune trace de Charlotte.

Cinq minutes passèrent, interminables. Puis une voiture surgit, traînant derrière elle un champignon de poussière.

« La voilà », murmura Tim.

Mais ce n'était pas Charlotte. La voiture ronronna, puis nous dépassa en rugissant, fouettant la poussière de la chaussée qui nous aveugla. La voiture disparut.

Tim regarda sa montre : « Charlotte est en retard. »

Un léger bourdonnement se fit alors entendre. D'abord je crus que c'était une guêpe. Du coin de l'œil j'entrevis un point devant le soleil. Mais ce n'était pas un insecte. C'était un avion, qui pulvérisait un produit sur les cultures, à environ cinq kilomètres au sud. Il volait en ligne droite, parallèle à l'horizon. Je parvins à le distinguer un peu plus nettement. C'était un vieil avion en bois, à hélice, avec deux rangées d'ailes de chaque côté, comme les avions de la Première Guerre mondiale. Il laissait derrière lui un nuage argenté, composé de fines gouttelettes de pesticide.

« C'est drôle, murmurai-je.

— Quoi ? demanda Tim.

— L'avion pulvérise du pesticide à un endroit où il n'y a pas de cultures. »

A ce moment le pilote vira brusquement et mit le cap dans notre direction. On entendait l'hélice taillader l'air. Le moteur grondait comme s'il était en colère. Je restai un long moment immobile à contempler l'avion. Peut-être était-ce la chaleur, ou bien la fatigue. Je ne me rendais pas compte que je contemplais ma propre mort.

Puis il se mit à piquer sur nous et, avant que mon cerveau ait eu le temps de m'informer de ce qui se passait, mes jambes me propulsèrent sur le côté. L'engin fendit l'air quelques centimètres au-dessus de l'endroit où était ma tête une seconde plus tôt. Tim poussa un cri étranglé et se jeta de l'autre côté. L'avion masqua le soleil pendant un instant et tout devint noir. Puis il reprit brutalement de l'altitude et se prépara à virer pour lancer une nouvelle attaque.

Tim était à genoux. Il toussait et clignait des yeux.

« C'est vraiment du rase-mottes, murmura-t-il.

— Encore un peu et il n'y avait plus de mottes.

— Crois-tu que... ? »

Tim avait eu la même idée que moi. Le pilote de l'avion était Charon. D'une façon ou d'une autre, il avait appris notre rendez-vous avec Charlotte. Je me souvins du ton effrayé de la jeune femme au téléphone. Charon l'avait peut-être suivie. Peut-être était-elle déjà morte.

En tout cas, si c'était bien Charon qui se trouvait là-haut, dans cet avion, nous ne pouvions fuir nulle part. Car c'était précisément là que nous étions : nulle part.

J'hésitais toujours sur la direction à prendre lorsque l'avion fondit de nouveau sur nous. Cette fois, il nous réservait une surprise plus

déplaisante encore : deux de ses ailes étaient équipées de mitrailleuses. Je vis les éclairs rouges et j'entendis le sifflement des balles. Une portion de la route, déchiquetée, me sauta à la figure. Tim plongea sur le côté. Je voulus le suivre mais quelque chose me heurta durement l'épaule et je fus projeté en arrière. L'avion frôla la route et une tornade me fouetta. Je savais que j'étais blessé, mais j'ignorais quelle était la gravité de ma blessure. J'avais mal partout.

Une fois l'avion passé, je parvins à me remettre debout et regardai autour de moi. Tim était tout blanc, mais je ne savais pas si c'était la poussière ou l'émotion. Au loin, l'avion amorçait un virage pour revenir à l'assaut. Le troisième essai risquait d'être le bon...

Il nous restait une seule chance.

« Vite, Tim ! hurlai-je. Le champ de blé !

— Je ne peux pas ! se lamenta Tim, paralysé.

— Pourquoi ?

— Mon rhume des foins !

— Oh, Tim ! »

Incroyable ! Charon nous tenait dans sa ligne de mire et Tim ne pensait qu'à une chose : son rhume des foins. Dans une minute il aurait le corps plus troué qu'un morceau de gruyère, et la prochaine fois qu'il éternuerait, ce serait dans une douzaine de directions en même temps.

Mais l'heure n'était pas à la discussion. Négligeant la douleur qui me tenaillait l'épaule, je saisis la main de Tim pour le tirer hors de la route. Comme nous étions à quelques semaines de la moisson, le blé avait atteint sa hauteur maximale et étincelait d'un bel or. En me frayant un passage au milieu des épis, je me dis que c'était bien la première fois qu'une future miche de pain allait me sauver la vie.

Mais c'était un peu anticipé, car bien sûr ma vie n'était pas encore sauve. L'avion piqua de nouveau, invisible cette fois, et le blé se coucha autour de nous de façon spectaculaire. Tim éternua. Au moins il n'avait pas été blessé. Mais la situation était désespérée. Nous pouvions continuer d'avancer jusqu'à ce que le champ de blé tout entier se transforme en un immense plat de *corn flakes*, mais nous risquions de finir au milieu en guise de cadeau surprise. Charon nous aurait, tôt ou tard. Il fallait faire quelque chose. Et tout de suite.

C'est alors que je les aperçus. On les avait abandonnés au milieu du champ de blé et ils gisaient maintenant en un petit tas triste et inutile. Ils étaient faits de fil de fer, de manches à balais, et de ballons crevés en guise de têtes. Des épouvantails. Même le plus craintif des corbeaux n'aurait pas eu peur d'eux. Toutefois ils me donnèrent une idée.

Je repérai l'avion, qui se trouvait à son point le plus éloigné, en train d'effectuer son virage.

« Tim, enlève ta veste! criai-je à mon frère.

— Pourquoi?

— Enlève-la, ne discute pas! »

J'enlevai aussi la mienne. Le mouvement me fit grimacer de douleur et je m'aperçus que l'une des manches était imbibée de sang. Mais je n'avais pas le temps de m'en occuper. Je soulevai un des épouvantails et le jetai vers Tim. Par miracle il comprit aussitôt ce que je voulais faire. Nous n'avions pas une seconde à perdre. L'avion avait fini sa manœuvre; je le voyais déjà miroiter dans le soleil. J'espérais que Charon serait aveuglé et ne parviendrait pas à nous distinguer.

J'avais réussi à enfiler ma veste sur le plus petit des épouvantails. Elle pendait grossièrement sur l'armature en bois, sous la tête-ballon de football noir et blanc, qui ne ressemblait pas du tout à la mienne. Du moins je l'espérais. Je me retournai. L'avion fonçait vers nous.

« Tim...? »

Il avait mis sa veste sur le second épouvantail. J'appuyai prudemment le mien contre le sien, épaule contre épaule. Ils oscillèrent un peu mais restèrent debout, comme deux copains ivres. L'avion arrivait en vrombissant et je pus presque sentir le blé frémir autour de moi.

« A plat ventre, Tim ! »

La mitrailleuse crépita. Le danger passé, je risquai un coup d'œil et vis les deux épouvantails fauchés en deux par les balles, à quelques mètres de nous. Ensuite l'avion reprit de la hauteur et disparut par où il était venu. C'était fini. Les épouvantails gisaient dans le champ, hachés en menus morceaux sur un lit de blé concassé. Le vent lissa le reste du champ comme pour effacer toute trace du drame.

Nos vestes transformées en mouchoirs étaient inutilisables. Tim leva les yeux au ciel.

« Tu crois vraiment que c'était Charon ?

— Qui d'autre ?

— Un fermier, peut-être...

— Tu connais des fermiers qui traitent les récoltes avec des mitrailleuses ? »

Tim réfléchit un instant : « Ce n'est pas ce qu'on appelle des sulfateuses ?

— Non, Tim, je ne crois pas. »

Suivit un long silence perplexe. Je m'aperçus que je me tenais le bras et que du sang coulait entre mes doigts. Mais je ne dis rien. Je ne voulais pas troubler les méditations de Tim. Finalement il reprit : « Si c'était Charon, il doit nous croire morts. Et s'il nous croit morts, il ne cherchera plus à nous tuer.

— Bien raisonné, Tim.

— Sacré coup de veine! Mais... à propos de veine... Nick! Tu saignes! Tu es blessé!

— Je sais. »

Tim avança. Son visage avait pris la teinte blanchâtre du fromage trop frais, et je savais ce qui allait arriver. Il poussa un petit gémissement et s'écroula sur les deux épouvantails, bras en croix. Mon frère n'a jamais supporté la vue du sang.

Je dus attendre qu'il revienne à lui. Je serrais mon bras blessé contre moi. J'avais de plus en plus mal, mais je ne m'en plaignais pas. La douleur me rappelait que j'étais en vie.

12

CHARON

« Ça ne vous fera pas mal... »

Pourquoi les médecins disent-ils toujours ça avant de vous faire mal ? D'ailleurs, le docteur Monika Bloem n'était même pas médecin. Elle était vétérinaire. Nous avions trouvé sa petite ferme juste à la limite du Flavoland. Je n'étais pas enchanté d'être soigné par une personne plutôt habituée aux chiens et aux lapins, mais je n'avais pas le choix. J'avais laissé environ un demi-litre de mon sang sur la route, en une traînée de petites gouttes sombres, et je n'avais pas envie de continuer comme ça jusqu'à Amsterdam, même si ça faisait joli.

Le docteur Bloem (prononcer « bloum ») était

une petite femme à la mine sérieuse, vêtue d'une blouse blanche. Sa clinique vétérinaire contenait plusieurs rangées de cages de tailles diverses, et on devinait vite qu'elle était mariée à son métier. Sa meilleure amie devait être une chèvre. Il y avait des photos d'animaux partout, même dans les cadres dorés posés sur son bureau. Le docteur Bloem n'avait accepté de soigner un humain qu'avec réticence et elle m'avait donné deux morceaux de sucre avant de commencer.

Je ressentis une douleur atroce lorsqu'elle sonda ma blessure avec une paire de pincettes, mais elle réussit à en extraire une balle luisante et rouge.

« Ça va? demanda-t-elle avec un fort accent, dans un anglais qui n'était pas à la hauteur de ses talents chirurgicaux.

— J'ai la tête qui tourne un peu », répondit Tim.

Le docteur Bloem le regarda en fronçant les sourcils.

« C'est à votre frère que je m'adressais.

— Je me sens bien, docteur Bloem, répondis-je en pliant le bras.

— Vous avez de la chance, dit le vétérinaire en laissant tomber la balle dans une coupelle. Deux centimètres à gauche et l'artère était touchée.

— Oui, acquiesça Tim. Et ça aurait pu être pire. Deux centimètres à droite, et c'est moi qui étais touché ! »

Le docteur Bloem me tourna le dos pour fouiller dans ses instruments, qui étaient posés sur une table derrière moi. Lorsqu'elle me fit face à nouveau, elle brandissait une seringue hypodermique. A la grandeur de la seringue, je devinai que son dernier patient avait été un cheval.

« Je vais vous faire une petite injection, annonça le docteur Bloem.

— Vous n'allez pas... l'endormir ? » s'inquiéta Tim qui devint livide.

Le docteur Bloem poussa un petit soupir excédé et éjecta quelques gouttes de liquide en l'air.

« C'est un antibiotique.

— Je préfère fermer les yeux », gémit Tim.

Non seulement il ferma les yeux mais il se les couvrit des deux mains, pendant que le docteur Bloem me faisait une seconde piqûre.

« Vous savez, jeune homme, je pense que vous ne me dites pas la vérité. Comment cette balle est-elle arrivée dans votre bras ?

— Eh bien... »

Je bafouillais. C'était délicat. Nous n'avions pas eu le temps de mettre au point une explication rationnelle, et notre histoire (comme mon bras) était pleine de trous.

« Votre frère prétend que vous avez été blessé dans un accident de voiture, poursuivit le docteur Bloem.

— C'est vrai ! s'exclama Tim. C'est la faute du conducteur de la voiture.

— Oui, dis-je à mon tour. Il a tiré sur moi par accident. »

Le docteur Bloem n'en croyait pas un mot, mais je suppose qu'elle avait décidé de me soigner et de se débarrasser de nous au plus vite. Elle retira l'aiguille de mon bras valide et s'affaira à nouveau sur mon bras blessé, qu'elle enveloppa d'un bandage blanc. Il lui fallut deux minutes à peine.

« Voilà, c'est terminé, annonça-t-elle en nouant le bandage. Tout devrait aller bien, maintenant.

— Merci, docteur », dis-je en pliant le bras.

Je ressentis un élancement, mais la douleur s'était apaisée.

« Comment allez-vous rentrer en ville ? s'inquiéta le vétérinaire. Je vous aurais volontiers emmenés, mais un autre patient m'attend. Un petit cheval.

— Il a un problème de croissance ? » s'enquit Tim.

Le docteur Bloem l'ignora.

« Vous pouvez rentrer en ville à pied, mais c'est un long trajet. Essayez plutôt de trouver un chauffeur compatissant. Il y a une grande maison, à un kilomètre d'ici. Près du moulin.

— Comment s'appelle cette maison ? »

Le docteur Bloem sourit. Comment aurait-elle pu deviner l'effet que sa réponse provoqua en moi ?

« La villa De Winter », répondit-elle.

Jamais je n'avais vu une maison comme la villa De Winter. C'était une bâtisse en briques rouges et blanches, sans aucun plan ni dessin précis. Les couleurs faisaient des zigzags sur les façades, se heurtaient, rebondissaient. On eût dit que l'édifice était l'œuvre d'un voleur : les tours semblaient avoir été « empruntées » à un manoir, les fenêtres à une église, le toit d'ardoises grises à une gare. Rien n'était cohérent. La porte d'entrée se trouvait à l'arrière, les gouttières n'aboutissaient dans aucun caniveau, le lierre descendait au lieu de grimper. La maison se dressait au milieu d'un immense jardin. Le bassin était couvert d'une telle couche de vase qu'il paraissait plus vert (et plus solide) que la pelouse.

En retrait de la route, la villa De Winter était entourée d'une clôture qu'il nous fallut franchir. Je m'accroupis derrière un buisson pour épier ce qui se passait autour de la maison.

« Tu crois que Charon habite ici ? chuchota Tim.

— Je crois, oui. En tout cas, c'est ici qu'est venu Mac Guffin avant d'être assassiné.

— Sûrement, acquiesça Tim en scrutant la maison. Si seulement nous pouvions voir à travers les murs.

— Mais nous pouvons.

— Comment ?

— En regardant par la fenêtre, Tim... »

Nous traversâmes la pelouse en courant. Nos ombres arrivèrent avant nous. Il n'y avait personne en vue mais on entendait un piano jouer un air. Je mis un certain temps à reconnaître la « Sonate au clair de lune » de Beethoven ; elle était horriblement mal interprétée. Peut-être le pianiste avait-il un doigt en moins.

« Écoute ! soufflai-je à Tim.

— C'est un disque ?

— Non. Personne n'a jamais joué cet air aussi mal. »

Tim ouvrit des yeux ronds.

« Tu crois que c'est... Charon ?

— Ça se pourrait. Il a tué Mac Guffin, maintenant il exécute Beethoven. »

Nous étions accroupis. Je décidai de me redresser pour jeter un coup d'œil par la fenêtre, juste au-dessus de nos têtes. Tim était horrifié.

« Que fais-tu ?

— C'est peut-être notre seule chance de voir à quoi ressemble Charon. »

Plus exactement, cela aurait pu l'être. Car, au moment où je posais les mains sur le rebord de la fenêtre, j'entendis un bruit de moteur. Une voiture remontait l'allée. Je replongeai précipitamment au côté de Tim. Au même moment le piano cessa de jouer et une porte claqua. Je me rapprochai des deux poubelles qui se trouvaient là pour mieux me cacher.

La voiture s'était immobilisée. Deux hommes en descendirent. Je ne les avais vus qu'une seule fois. Pourtant je les reconnus tout de suite. C'était le genre de têtes qu'on n'oublie pas. Le Balafré et l'Affreux, les deux tueurs de la patinoire. Le gravier crissa sous leurs pas tandis qu'ils marchaient vers la porte d'entrée. Le bruit me fit penser aux patins à glace de Rushmore et ma gorge se dessécha.

Tim ne les quittait pas des yeux. Je le tirai par la manche. « Entrons », murmurai-je.

Il ouvrit la bouche pour protester, mais je ne lui en laissai pas le temps. Il y avait une porte, juste de l'autre côté de la fenêtre, et pour une fois la chance fut de notre côté : la porte était ouverte. M'assurant que Tim me suivait, j'entrai dans la maison. Quelques marches menaient à un couloir dallé de carreaux noirs et blancs, comme ceux que l'on voit dans ces anciens tableaux hollandais. Le couloir devait conduire à un vestibule. On entendait des éclats de voix. L'hôte accueillait ses visiteurs. Sur notre gauche, une seconde porte donnait dans une grande pièce meublée d'un bureau, de quatre ou cinq fauteuils anciens et d'un piano à queue. Sans doute la pièce favorite de Charon. Je m'engageai sur le parquet glissant et me réfugiai sur un tapis chinois.

« Qu'allons-nous faire ? » souffla Tim. Sa voix plaintive trahissait sa frayeur.

Qu'allions-nous faire ? On entendait déjà les pas dans le couloir. Charon allait arriver avec ses deux acolytes d'une seconde à l'autre. S'ils nous trouvaient ici, je doutais qu'ils nous invitent à boire le thé...

« Vite ! » Une sorte d'alcôve était percée dans un mur, masquée par une lourde tenture ornementale. Je m'y précipitai avec Tim, et tirai le rideau derrière nous. Une seconde après, Charon et ses deux complices pénétraient dans la pièce.

Ils refermèrent la porte, puis l'un d'eux commença à parler dans un hollandais saccadé. Je ne compris pas un seul mot et ne reconnus pas la voix. Un deuxième personnage prit la parole. Sa voix m'était également inconnue mais je parvins à saisir un mot, ou plutôt un nom : Waverly, qu'il répéta deux fois. M. Waverly ! Que venait faire ici le chef des services secrets anglais ? Rushmore nous avait dit qu'il existait un lien entre Charon et lui. Était-ce l'objet de leur discussion ?

C'était horripilant. J'étais coincé derrière cette tenture avec Tim, je ne comprenais pas un mot de la conversation et je ne pouvais voir personne. Dans ces conditions, pourquoi nous être donné tant de mal pour entrer ? Je me tournai vers Tim. Un petit rai de lumière filtrant à travers le rideau lui striait le visage. Je suivis le rai de lumière : le rideau était déchiré ! Je ne l'avais pas remarqué, pourtant il y avait un petit trou juste au milieu. Je me penchai pour y coller un œil, en prenant garde de ne pas faire bouger la tenture. Mon cœur battait violemment dans ma poitrine. Enfin j'allais voir Charon !

Eh bien, non. Charon avait justement choisi le fauteuil qui tournait le dos à la tenture. Par le trou je pouvais distinguer le Balafré, qui fumait une cigarette assis en face de lui, et l'Affreux, debout dans un coin. Mais Charon restait caché.

Toutefois c'est lui qui prit la parole. Il ne dit qu'un seul mot, incompréhensible, mais au moins j'entendis le timbre de sa voix. C'était une voix délicate et claire. L'avais-je déjà entendue quelque part ? Si seulement il avait parlé un peu plus longtemps...

Mais Charon n'avait rien de plus à dire. Il tendit la main et je vis ses quatre doigts. L'Affreux s'empressa de lui remettre un petit marteau blanc. C'était un objet ancien, sans doute en ivoire. Qu'allaient-ils en faire ? L'Affreux baragouina pendant une bonne minute et j'eus l'impression qu'ils mettaient au point quelque chose. Si seulement Charon avait eu la bonne idée de se lever ! J'avais envie de lui crier de se montrer.

C'est le Balafré qui se leva. Il se dirigea vers notre rideau et je m'écartai vivement pour me tapir dans le noir. Ils échangèrent encore quelques mots à voix basse, puis la porte s'ouvrit et je compris, sans avoir besoin de regarder, que Charon s'était levé et s'apprêtait à partir. Je ne m'étais pas trompé. La porte se referma et le silence retomba. J'avais été à un doigt de percer le mystère. Mais un doigt, c'était encore trop.

« Ils sont partis ? chuchota Tim.

— Oui, ils sont partis. »

J'écartai le rideau et revins dans la pièce. Charon avait filé, mais son bureau était toujours là. Restait à espérer qu'il ne fermait pas ses tiroirs à clef.

« Tu as réussi à voir sa tête? demanda Tim.

— Non. Mais j'ai saisi un ou deux mots. Ils parlaient de M. Waverly. »

J'ouvris le tiroir du haut. Je ne sais pas vraiment ce que je cherchais. Peut-être un papier officiel, un permis de conduire, avec la photo de Charon, ou bien une carte de crédit. Quelque chose qui me permettrait de l'identifier. Malheureusement le tiroir était vide, hormis trois trombones à papier, un peigne, un petit miroir couvert d'une sorte de poudre et un paquet de cigarettes entamé.

Ça ne m'éclairait pas. Pourtant, en réfléchissant davantage, j'aurais pu deviner qui était Charon.

J'essayai le deuxième tiroir. Enfin une trouvaille! C'était un chèque, d'un montant de deux cent mille florins, à l'ordre de Charon, et signé...

Je montrai le chèque à Tim.

« Deux cent mille florins! s'exclama mon frère. Ça fait...

— Environ soixante mille livres, dis-je sans attendre, le sachant incapable de compter si loin. Mais regarde la signature.

— M. Waverly, s'étrangla Tim en ouvrant des yeux ronds.

— Tout juste. C'est M. Waverly qui a payé Charon pour tuer Kusenov.

— Mais pourquoi, puisqu'il voulait arrêter Charon ?

— Je sais, dis-je en mettant le chèque dans ma poche pour garder une preuve. Viens, Tim. Partons.

— Passons par la fenêtre, suggéra mon frère.

— Pourquoi pas la porte ?

— La fenêtre est plus près.

— La porte est plus facile.

— La fenêtre est plus sûre. »

Tim se pencha pour tourner la poignée.

« Et maintenant, tais-toi », souffla-t-il en ouvrant la fenêtre.

Des sirènes d'alarme se mirent à hurler dans toute la maison.

Il était trop tard pour discuter. Je plongeai tête la première à travers la fenêtre à la suite de Tim, atterris sur le gazon et me relevai en titubant. Une porte s'ouvrit brutalement derrière nous et j'aperçus le Balafré qui s'élançait à notre suite. J'avais déjà franchi la moitié de la pelouse et je courais aussi vite que je pouvais vers les bosquets. Il y eut une détonation et un projectile passa en sifflant à côté de ma tête. La blessure de mon bras m'élança douloureusement. Je trouvais qu'on m'avait assez tiré dessus pour aujourd'hui.

Quelques buissons, quelques haies, et nous

nous retrouvâmes en train de courir à travers le bois qui bordait la maison. L'Affreux avait rejoint le Balafré. Je l'entendis hurler quelque chose en hollandais. Un second coup de feu claqua. Tim poussa un cri. Je me retournai.

« Tim, tu es blessé ?

— Non, j'ai marché sur des orties.

— Il faut trouver la route. »

Je la découvris trente secondes à peine avant que l'Affreux et le Balafré nous découvrent à leur tour. Au moment où nous sautions par-dessus la clôture, un nouveau coup de feu déchiqueta le bois de la barrière. Malheureusement, aucune voiture ne passait sur la route, aucun bus. Rien. Nous n'étions pas encore tirés d'affaire.

« Par où ? » haleta Tim. Malgré l'heure tardive, le soleil brillait encore. Ou bien Tim transpirait beaucoup, ou bien sa chemise en nylon avait commencé à fondre.

« Par là ! » criai-je.

Le docteur Bloem avait dit que la villa De Winter se trouvait près d'un moulin. Le moulin était bien là, à quelques centaines de mètres, et ses grandes ailes tournaient lentement sous la brise. On nous avait appris le fonctionnement des moulins à vent, à l'école, mais c'était la première fois que j'en approchais un de si près. Il avait l'air étrangement incongru, comme un objet datant d'une époque révolue. Comment croire qu'il existait réellement et pouvait encore servir ?

Pourtant, il me serait bien utile. Je ne voyais aucune autre cachette et je savais que le Balafré et l'Affreux allaient franchir (ou défoncer) la clôture d'un instant à l'autre. Tim sur mes talons, je traversai la route et courus vers le moulin. Heureusement, l'unique porte était ouverte.

Une seule porte pour entrer et pour sortir. C'est seulement à l'intérieur que je réalisai que nous étions pris au piège.

Pire : le Balafré et l'Affreux nous avaient vus entrer. L'arme au poing, ils traversaient lentement la route dans notre direction. Le Balafré souriait. Son sourire étirait sa cicatrice qui ressemblait à la pointe d'une flèche. Une flèche pointée sur moi.

« Ils arrivent ! s'écria Tim, paniqué. Qu'allons-nous faire ?

— Nous cacher ! »

Tim s'élança d'un côté, moi de l'autre.

Le moulin n'était pas comme je l'avais imaginé. A l'intérieur, il paraissait beaucoup plus grand avec ses énormes poutres en bois, ses roues et ses grandes meules qui s'engrenaient les unes dans les autres comme les rouages d'une gigantesque horloge. Quatre escaliers distincts montaient dans différentes directions. L'un menait à une porte qui donnait sur une galerie extérieure, un autre aboutissait à une plate-forme basse située au-dessus de la machinerie, les deux derniers disparaissaient dans la pénombre du plafond. Je pris l'escalier qui conduisait à l'extérieur. Je me sentais pris au piège et, si quelqu'un devait me tuer, je préférais que ce soit au grand air.

Je grimpai les marches à quatre pattes, car l'escalier était raide comme une échelle. Je me demandais où avait bien pu passer Tim. Mais je n'eus pas le temps de m'inquiéter pour lui. Au moment où j'atteignais le haut de l'escalier et retrouvais la lumière du jour, j'aperçus le Balafré qui posait déjà le pied sur la première marche. Je n'avais que quinze secondes d'avance. Il fallait que je trouve une cachette au plus vite.

Mais où ? J'étais sur une étroite plate-forme en bois qui faisait le tour du moulin, à environ cinq mètres au-dessus du sol. Trop haut pour sauter. Et il n'y avait pas d'autre porte. Je ne pouvais que courir en rond indéfiniment. Impossible de monter plus haut ou de rebrousser chemin. L'une des ailes du moulin jeta son ombre sur moi.

L'aile du moulin...

C'était une idée insensée mais je n'avais pas le

choix. Si vous croyez que les ailes d'un moulin tournent lentement, détrompez-vous. Même lorsque la brise est légère, elles tournent vite et ont assez de force pour assommer un bœuf. J'avais juste la chance que ce ne fût pas un jour de grand vent. Au moment où l'aile suivante se présenta, je m'élançai et m'accrochai comme je pus. Mes mains parvinrent à agripper l'armature en bois sous la toile. Je crus que mes bras allaient se décrocher de mes épaules. Un instant plus tard, je me retrouvai la tête à l'envers, les pieds je ne sais où, en train d'effectuer un grand cercle en plein ciel. De quoi vous couper le souffle et vous donner des haut-le-cœur.

Je me cramponnais désespérément des deux mains et, en tâtonnant du bout des pieds, je parvins à trouver un appui entre le bois et la toile. J'étais épinglé comme une mouche sur une moustiquaire, et je voyais tournoyer l'herbe verte et le ciel bleu. On eût dit que l'univers était brassé dans une gigantesque marmite. Je fermai les yeux. Je ne pouvais pas regarder.

Mais le Balafré, lui, pouvait-il me voir? Je l'imaginais tournant sur la plate-forme à ma recherche. Si jamais il levait les yeux... J'étais masqué par l'aile et visible seulement à l'arrière du moulin. La plate-forme étant à cinq mètres du sol, il pouvait penser que j'avais sauté. Après tout, c'était faisable.

L'aile dut effectuer une trentaine de tours. J'en avais perdu le compte au bout du quinzième. Tout ce que j'avais mangé depuis deux jours menaçait de quitter mon estomac. D'ailleurs mon estomac lui-même menaçait de s'en aller. A chaque tour, mon vertige augmentait. Le vent tomba. L'aile ralentit. J'en avais assez. Voyant la plate-forme approcher de moi, je me laissai tomber et atterris comme un sac de cailloux sur les planches. Si le Balafré était encore là et me tuait, ce serait un soulagement.

Mais le Balafré n'était plus là. J'étais trop étourdi pour pouvoir me relever, mais, affalé sur la plate-forme, je l'aperçus courant à travers champs avec son complice. Ils croyaient que j'avais sauté pour m'enfuir. C'est alors qu'une pensée terrible m'assaillit.

Qu'avaient-ils fait de Tim?

Il me fallut encore cinq minutes pour retrouver mon équilibre. La descente fut un véritable cauchemar : je sentais encore en moi le mouvement des ailes du moulin et les marches se tordaient devant mes yeux comme un serpent. Un silence effrayant régnait dans le moulin. On entendait seulement le grincement de la meule qui tournait inlassablement, réduisant en poussière tout ce qui se trouvait sur son passage.

Aucune trace de Tim.

Je parvins à me tenir debout en m'aidant de mes mains. Titubant, j'inspectai le rez-de-chaussée. De grands sacs étaient posés dans un coin et, derrière, un gros tas de farine en vrac, amoncelée contre le mur. La petite plate-forme était vide, la porte fermée.

« Tim ! Où es-tu ? »

Silence. Je commençais vraiment à m'inquiéter.

« Tim ! Tout va bien ! Ils sont partis ! »

Quelque chose remua. Je me retournai. Le tas de farine bougeait. On aurait dit une avalanche miniature. Puis une main jaillit. Toute la montagne de farine s'ouvrit et une silhouette surgit. La farine formait comme un nuage tout autour. Je ne sais comment Tim avait réussi à s'ensevelir. Maintenant il était libre.

Libre et blanc de la tête aux pieds. Ou alors l'Affreux l'avait tué et ce que je voyais était son fantôme.

« Y font parfis ? »

Tim avait de la farine dans le nez et dans la bouche. Il éternua. Une pluie de farine tomba en cascade de ses cheveux et deux petits ronds roses apparurent autour de son nez et de sa bouche.

« Ils sont partis ? répéta-t-il plus distinctement.

— Oui. Tu vas bien, Tim ?

— Je me sens un peu farineux.

— Partons d'ici. »

Tim laissait derrière lui des empreintes blanches. Les ailes continuaient de tourner, imperturbables.

Au cours de ces douze dernières heures, on nous avait mitraillés dans un champ de blé, j'avais été recousu par un vétérinaire, nous avions déniché le quartier général de Charon et manqué de peu voir sa tête, j'avais volé le chèque de M. Waverly, et des tueurs nous avaient tiré dessus pendant notre fuite. Nous étions morts. De fatigue.

Je rêvais d'un bain et d'une longue nuit de sommeil. J'avais l'impression d'avoir été passé à la moulinette. J'étais moulu. Comme la farine.

13

FRAYEUR SUR SCÈNE

Vingt-quatre heures plus tard (nous en avions passé quinze à dormir), nous étions sur le quai de la Gare centrale d'Amsterdam. Nous avions eu juste assez d'argent pour régler la note d'hôtel et acheter deux billets pour l'Angleterre. Maintenant, nous étions à sec.

« Je ne pige pas », marmonna Tim.

Il avait réussi à se débarrasser de son manteau de farine, mais ses cheveux étaient encore légèrement blancs sur les tempes. Ou alors ce n'était pas de la farine : après les épreuves des derniers jours, ça n'aurait rien eu de surprenant.

« Je croyais que nous ne devions pas rentrer en Angleterre, Nick?

— Nous n'avons pas le choix. Il faut avertir Boris Kusenov qu'il doit se méfier de Waverly. On a la preuve que Waverly a payé Charon pour l'assassiner.

— Très juste, acquiesça Tim. Et le Russe doit aussi se méfier des marteaux.

— Ouais. Tu lui expliqueras ça. »

C'était une énigme. Nous avions vu Charon tenir un marteau ancien en ivoire. Mais que comptait-il faire avec ? Matraquer Kusenov à mort ?

Ce n'était pas tout. Nous n'avions toujours pas élucidé les dernières paroles de Mac Guffin. Nous les avions oubliées à cause des récents événements, mais le mystère demeurait.

« Nick ! » s'exclama Tim en me désignant du doigt la dernière personne que je m'attendais à voir là. Charlotte Van Dam marchait sur le quai dans notre direction, vêtue d'un tailleur léger, un sac de voyage à la main. Je pensais qu'elle allait nous apercevoir mais, à la dernière minute, elle bifurqua à gauche pour se diriger vers un café.

« Que fait-elle ici ? murmurai-je.

— J'imagine qu'elle prend le train, répondit mon frère.

— Je m'en doute. Mais pour quelle destination ? Et pourquoi n'est-elle pas venue au rendez-vous ? »

Tim réfléchit un instant.

« Je ne sais pas, Nick. Allons le lui demander.

— C'est ça. Demandons-lui. »

Le café situé sur le quai n° 2 était à des années-lumière de ceux que l'on trouve dans les gares anglaises. Les Hollandais n'étaient visiblement pas du genre à aimer les sandwichs sous cellophane, qu'on avale en vitesse sur un coin de table en plastique. Ce café semblait sorti d'un vieux roman d'Agatha Christie : un bar en bois couvert de marbre, des garçons en tablier blanc, et du thé servi dans des théières en porcelaine — pas dans des gobelets en polystyrène. Charlotte était assise près d'une fenêtre qui donnait sur le hall, au-dessus des trains. Un serveur déposa devant elle une tasse de chocolat chaud et un croissant. Tardif, comme petit déjeuner : il était deux heures. Notre train pour Ostende partait à deux heures vingt.

Je suivis Tim vers la table de Charlotte. Quand elle nous aperçut, il passa dans ses yeux une lueur — pas une lueur de plaisir. Mais elle s'éteignit aussitôt. Charlotte sourit et se leva pour nous accueillir.

« Tim ! s'exclama-t-elle en l'embrassant sur la joue. J'étais tellement inquiète à votre sujet !

— C'est vrai ? rougit mon frère.

— Bien sûr ! Surtout après avoir lu les nouvelles au sujet de ce patineur assassiné...

— Rushmore, précisai-je.

— Le fameux 86, ajouta Tim.

— Il a été rayé du nombre des vivants. »

Charlotte reprit sa place en nous faisant signe de nous asseoir. J'écartai les gants posés devant moi sur la table et contemplai le croissant avec convoitise. Il faut dire que nous n'avions pas déjeuné, faute d'argent.

« Racontez-moi ce qui vous est arrivé », dit Charlotte.

Tim se trémoussa sur son siège. Il n'osait pas reprocher à sa petite amie de nous avoir laissés tomber.

« Eh bien, voilà, Charlotte, commença-t-il. Nous sommes allés dans le Flavoland, comme vous l'aviez demandé. Mais vous n'êtes pas venue.

— Je sais, admit la jeune femme en baissant la tête d'un air coupable. Je n'ai pas pu.

— Pourquoi ? demandai-je.

— Oh Tim... Nick... Je vous ai menti.

— Je ne vous crois pas, dit Tim.

— Si, j'ai menti... Je ne suis pas auteur de romans policiers.

— Qu'est-ce que vous écrivez ?

— Rien du tout. Je ne suis pas écrivain, avoua Charlotte en prenant sa respiration. Je suis... espionne. Je travaille pour les services secrets des Pays-Bas, comme 86. Je ne pouvais pas vous le dire avant car j'avais une couverture. Comprenez-moi... je suis sur les traces de Charon, moi aussi.

— Ça n'explique toujours pas pourquoi vous n'êtes pas venue à notre rendez-vous.

— Je m'apprêtais à y aller, Nick. Mais au dernier moment je me suis aperçue qu'on me suivait. Deux hommes me filaient. L'un d'eux avait une cicatrice.

— Petit et affreux, murmura Tim.

— Oui. Une cicatrice affreuse, dit Charlotte. Il fallait que je les sème. Mais le temps que je m'en débarrasse, il était trop tard pour vous rejoindre là-bas. »

Tim se tourna vers moi.

« Tu vois, Nick. Je t'avais bien dit qu'il y avait une explication.

— Comment ces deux hommes vous ont-ils dénichée, Charlotte ? demandai-je.

— Je ne sais pas. Grâce à Charon, je suppose. On dirait qu'il sait tout ce que je fais, avant même que je le fasse. Je ne peux pas bouger sans que... »

Charlotte s'interrompit, le regard fixé sur la fenêtre, et poussa un soupir désespéré : « Oh, mon Dieu ! » Je me retournai et, soudain, une grande lassitude m'envahit. Ils ne nous avaient pas encore repérés, mais ça n'allait pas tarder. Le

Balafré et l'Affreux s'apprêtaient à entrer dans le café.

« Ce sont eux », chuchota Charlotte. Elle s'était levée, le visage livide. « Séparons-nous.

— D'accord, s'empressa d'approuver mon frère. Je pars avec vous.

— Je te remercie, Tim », dis-je d'un ton aigre.

Charlotte se dirigeait déjà vers la porte des cuisines.

« Non, décréta-t-elle. Vous allez tous les deux de votre côté, moi du mien. »

Tim ouvrit la bouche pour la rappeler, mais Charlotte avait déjà disparu. Dans sa précipitation, elle avait oublié ses gants sur la table. Je les ramassai machinalement. Ça ferait un joli souvenir pour Tim.

Le Balafré et l'Affreux apparurent.

Le restaurant possédant deux issues, je sortis par l'une pendant qu'ils entraient par l'autre. Mais je savais qu'ils nous avaient vus. J'entendis l'Affreux aboyer un mot en hollandais et, sans le comprendre, je devinai que c'était un mot de cinq lettres. Après les efforts physiques épuisants de la veille, je n'avais plus la force de courir longtemps, mais je ne tenais pas non plus à rester dans les parages. Un escalier descendait juste à droite du café. Nous n'avions pas le choix. Nous devions oublier le train de deux heures vingt pour Ostende.

L'escalier conduisait au rez-de-chaussée et hors de la gare. Inutile de me retourner pour vérifier que l'Affreux et le Balafré nous suivaient : il suffisait d'entendre les grognements et les protestations des passants qu'ils bousculaient sur leur passage. On pourrait croire qu'il existe une foule d'endroits où se cacher dans Amsterdam, toutefois l'espace autour de la gare centrale est très nu et dégagé. Les premiers immeubles se trouvaient à trois ou quatre cents mètres et mes jambes commençaient à flageoler. Tim n'était pas plus brillant que moi. Nous ne pouvions plus courir. Nous titubions. Et les deux tueurs se rapprochaient.

« Entrons ici ! » criai-je à Tim. Mais il ne m'entendit pas. Alors que je plongeais sous le premier porche ouvert, je le vis disparaître au coin de la rue. Nous étions de nouveau séparés, mais c'était peut-être mieux ainsi. Du moins je l'espérais. L'un de nous avait une chance de s'en tirer.

Je m'arrêtai pour regarder autour de moi. En me précipitant sous ce porche, j'avais cru entrer dans une bibliothèque ou un musée, mais il s'agissait en fait d'un petit théâtre à l'ancienne. A côté de la porte, une affiche montrait un vieux monsieur en habit, des cartes à jouer jaillissant de ses mains, et son nom était écrit en travers :

Monsieur Marvano. Un prestidigitateur. Exactement ce qu'il me fallait ! Il m'aiderait peut-être à disparaître.

Le spectacle avait déjà commencé. La caissière lisait un journal et aucune ouvreuse ne barrait la porte. Je traversai le foyer sur la pointe des pieds, puis me faufilai dans la salle de spectacle, en espérant que l'Affreux et le Balafré ne m'aient pas vu entrer.

Il y avait environ une centaine de spectateurs, à peine la moitié de la salle. M. Marvano se tenait sur la scène. C'était un vieux monsieur avec un visage rond et rose, des cheveux argentés. Il avait une triste allure avec son queue-de-pie noir et son nœud papillon blanc. Au moment où j'entrai, il venait d'exécuter un numéro avec une canne et un foulard en soie : la canne s'était changée en foulard et le foulard en canne. Quelques applaudissements timides retentirent çà et là. M. Marvano brandit ensuite un paquet de cartes et expliqua son prochain tour, tandis que je me glissais sur un siège au dernier rang. Je n'avais que l'embarras du choix.

Malgré la fraîcheur qui régnait dans le théâtre, je sentais la sueur perler sur mon front. Combien de temps allais-je devoir subir ce spectacle avant de pouvoir sortir en toute sécurité ? Je n'y comprenais plus rien. Par quel miracle l'Affreux et le Balafré avaient-ils fait leur apparition à la gare? Charlotte disait que Charon connaissait tous ses faits et gestes. Comment? A Londres, à la patinoire et maintenant à Amsterdam, Charon nous devançait toujours.

D'autres applaudissements éclatèrent et je levai les yeux vers la scène. Une reine de carreau était en train de sortir de la poche de M. Marvano, apparemment de sa propre volonté.

« Est-ce bien la carte que vous aviez tirée? » demanda le prestidigitateur à un spectateur. Il s'exprimait en hollandais, pourtant j'avais compris. J'avais l'impression d'avoir déjà vu et entendu tout ça.

Une silhouette apparut, descendit l'allée et s'arrêta au bout de ma rangée. Je crus d'abord qu'il s'agissait d'une ouvreuse soupçonneuse, mais c'était bien pire que cela : le Balafré.

Je me levai, prêt à m'élancer de l'autre côté, mais une autre silhouette se dessina dans la pénombre, bloquant l'autre bout de la rangée. L'Affreux. J'étais coincé entre les deux.

Sur la scène, le prestidigitateur continuait de s'adresser au public. L'Affreux sortit de sa poche un objet qui ressemblait à un peigne pliant et pressa un bouton. C'était un couteau à cran d'arrêt. Environ vingt-cinq centimètres d'acier jaillirent de son poing, pointés dans ma direction. De son côté, le Balafré commença à marcher vers moi. Une dizaine de sièges à peine nous séparaient. J'avais le mur dans le dos et des spectateurs devant moi. J'étais pris au piège.

M. Marvano avait fini sa petite démonstration. Un long silence suivit. L'Affreux commença lui aussi à se rapprocher. La lame du cran d'arrêt étincela l'espace d'un instant sous l'éclat d'un projecteur. Le Balafré, lui, n'avait aucune arme, mais ses longs doigts osseux se tendaient déjà vers ma gorge.

« Et maintenant, mesdames et messieurs, j'ai besoin d'un volontaire ! » reprit M. Marvano. N'obtenant aucune réponse à son appel en hollandais, le prestidigitateur le répéta en anglais. Le Balafré et l'Affreux n'étaient plus qu'à deux ou trois sièges de moi. Je levai la main et criai : « Moi ! Je suis volontaire ! »

Tous les regards convergèrent vers moi. Un projecteur pivota pour fouiller l'assistance et je fus aveuglé. Le Balafré et l'Affreux s'immobilisèrent, à la lisière du rond de lumière. En un éclair, l'Affreux avait fait disparaître son couteau. J'enjambai le siège devant moi, bousculai un peu un spectateur au passage, et rejoignis l'allée pour monter sur la scène, sous le faisceau du projecteur et les encouragements du public. Pour le moment, je ne risquais rien.

M. Marvano avait poussé sur la scène une grosse caisse aux couleurs bariolées, de la taille d'une machine à laver, percée d'un trou rond sur le dessus et d'une douzaine de fentes sur les côtés. Ça n'avait rien de tentant, mais il était trop tard pour reculer. M. Marvano m'avait saisi la main et me souriait de toutes ses dents (qui avaient l'air encore plus vieilles que lui).

« Quel est votre nom, jeune homme? me demanda-t-il en anglais.

— Nick.

— Très bien, Nick. Merci. Je vais vous expliquer le numéro. »

M. Marvano fit rouler la caisse devant moi et l'ouvrit. Elle était vide. Pas besoin d'être un génie pour comprendre que, en me mettant à genoux dans la boîte, ma tête dépasserait du trou percé dans le couvercle. Je ne débordais pas d'enthousiasme et je songeai un instant à tenter une sortie par les coulisses. Mais j'avais perdu de vue les deux tueurs et je me sentais plus en sécurité en pleine lumière sur la scène.

« J'appelle ce tour "le coffre aux dagues mexicaines", poursuivit M. Marvano, d'abord en anglais, puis en hollandais. Maintenant, Nick, je vais vous demander de vous installer à l'intérieur. »

J'hésitai une dernière fois, puis montai dans la

caisse. Les spectateurs observaient en silence. Je les distinguais à peine à cause des projecteurs.

Je me mis à genoux. M. Marvano referma la boîte et poussa quatre loquets. J'essayai de bouger mais la caisse était plus exiguë que je ne l'avais cru. J'étais coincé de toutes parts. De l'extérieur, je devais donner l'impression de prendre un bain turc. Et de l'intérieur, je me faisais l'effet d'une tête de Turc. Au fait, c'était quoi, cette histoire de dagues mexicaines?

« Le coffre est verrouillé ici, ici et ici, expliqua le prestidigitateur. Maintenant je vais aller chercher les dagues mexicaines. Surtout ne partez pas, Nick! »

Aucune chance. Je tournai péniblement le cou pour regarder M. Marvano traverser la scène. Le public éclata de rire et je réalisai que j'avais l'air sans doute aussi stupide que je l'imaginais. Une rangée de couteaux en argent était suspendue sur un présentoir dans les coulisses. N'ayant ni technicien ni assistante de plateau pour l'aider, M. Marvano devait aller se servir tout seul.

C'est le moment que choisit l'Affreux pour réapparaître. Il surgit derrière M. Marvano, dans l'obscurité des coulisses, et le frappa durement à la mâchoire. Le vieux prestidigitateur s'effondra mollement. Le tueur le soutint un moment, le temps de lui retirer sa veste, puis le laissa tomber. C'était un joli coup, mais j'avais été le seul à l'avoir admiré. Une seconde plus tard, le Balafré surgit à son tour et enfila la veste de M. Marvano, puis il poussa sur la scène le présentoir avec les dagues.

Le public s'agita, intrigué. J'essayai de donner un coup de coude dans la caisse. Peine perdue : le panneau frémit à peine et la douleur de mon bras se réveilla.

« Mesdames et messieurs, j'ai le regret de vous annoncer que M. Marvano vient d'avoir un léger malaise. Il m'a prié de poursuivre le numéro à sa place. »

Le Balafré brandit la première dague. Longue d'une trentaine de centimètres, avec une lame incurvée, elle semblait plus meurtrière encore que le cran d'arrêt de l'Affreux. Le manche était décoré de faux dessins aztèques. La dague était peut-être fausse, elle aussi. Mais de l'endroit où je me trouvais, elle me paraissait terriblement réelle.

Le Balafré avança lentement vers moi. Jamais je ne m'étais senti aussi impuissant. Je ne pouvais ni bouger, ni même respirer. Je ne pouvais que regarder. Le Balafré jouissait de chaque seconde.

Il me sourit. Un sourire plein de haine.

« Non, attendez..., bredouillai-je.

— La première dague, mesdames et messieurs ! » annonça le Balafré.

Il planta la lame dans la caisse. Je fermai les yeux. Étais-je mort? Blessé? Je rouvris les yeux. Le Balafré semblait aussi surpris que moi. La lame de la dague avait effectivement pénétré dans la boîte, était ressortie de l'autre côté, mais sans me transpercer.

Les spectateurs étaient médusés. Ils s'étaient réveillés de leur douce torpeur. Sans doute pensaient-ils que ce nouveau prestidigitateur était doué de qualités qui manquaient au précédent. La folie, par exemple. Des applaudissements enthousiastes éclatèrent.

Le Balafré prit deux autres dagues et, un rictus aux lèvres, les plongea dans la caisse. Les deux lames traversèrent le bois sans m'effleurer. Le public applaudit de nouveau.

Grimaçant, furieux, le Balafré saisit les autres dagues. Douze au total. Il les enfonça l'une après l'autre dans la caisse, attendant chaque fois que je pousse un hurlement. Mais rien ne se produisit. J'étais intouchable.

Je commençais sérieusement à ressembler à une pelote d'épingles, à la grande joie du public. Il ne restait plus une seule dague et donc plus une seule fente. Mais le Balafré n'avait pas terminé. Il plongea la main dans sa poche et en ressortit le couteau à cran d'arrêt de son complice. La lame jaillit. Le public se tut.

Le Balafré se pencha au-dessus de moi. Je voyais ses veines battre sous sa peau et le clignement nerveux de sa paupière.

« Il n'y a plus de trous dans la caisse, Diamant, souffla-t-il. Celle-là est pour toi.

— Treize à la douzaine, hein?

— Ça t'apprendra à te mêler de nos affaires.

— Vous savez, c'était seulement pour avoir une médaille.

— Adieu, gamin... »

Il visa soigneusement. Cette fois, pas question de passer au travers de la caisse : ses yeux fixaient ma gorge, juste en dessous du menton. Lentement, délibérément, il leva son couteau.

Le public retenait son souffle. Dans les coulisses, l'Affreux surveillait le corps inanimé de M. Marvano. La lame s'immobilisa juste au-dessus de ma tête.

Je n'arrivais pas à y croire. J'allais être assassiné en public, devant des spectateurs qui avaient payé leur billet! Le dernier son que j'entendrais serait leurs applaudissements.

En tout cas, personne ne pourrait me réclamer un bis.

14

ERREUR SUR LA PERSONNE

La scène resta un moment figée sous le faisceau des projecteurs : le Balafré, le couteau, le public. Puis tout se déchaîna d'un coup.

Le couteau partit. Un coup de feu claqua. Le Balafré poussa un cri et recula en se tenant la main. Le couteau tomba sur la scène et se planta dans le bois en vibrant. L'Affreux fit volte-face, cherchant à comprendre ce qui se passait. Plié en deux, le Balafré gémissait sur sa main blessée. Du sang coulait entre ses doigts et s'égouttait sur son pantalon.

« Joli tir, Ted.

— Merci, Ed.

— Baisse le rideau, Red. »

Les agents du M.I.6 avaient surgi de nulle part et envahissaient maintenant la scène, sous les applaudissements frénétiques du public. L'Affreux avait opposé une résistance symbolique, mais l'un des agents lui avait assené un direct moins symbolique, qui l'avait mis hors-circuit. Deux hommes du M.I.6 emportèrent M. Marvano pendant que Ted et Ed s'occupaient du Balafré, dont la main saignait abondamment. La balle tirée par Ted l'avait perforée de part en part et j'avoue que ça ne me désolait pas.

Red fit tomber le rideau de scène. Ted s'approcha de moi. Il portait le même costume sombre qu'à l'Hôtel International, lors de notre première rencontre, et les mêmes lunettes de soleil. Mais, cette fois, il ôta ses lunettes pour me regarder droit dans les yeux.

« Ça va, petit ?

— Oui, ça va, répondis-je — sauf que je ne pouvais pas bouger.

— Tu es sûr ? Avec tous ces coups de couteau... » Ted compta les dagues mexicaines qui sortaient de la boîte. « Tu as été poignardé douze fois !

— Ça va bien, je vous assure.

— Tu es un brave gosse », dit-il en hochant la tête, la mine grave.

Comment lui expliquer que c'était un simple

tour de passe-passe et que les lames ne m'avaient même pas effleuré? Ses yeux s'humectèrent. C'est alors que Tim apparut, encadré par deux autres agents. Ned et Zed, sans doute.

« Nous l'avons découvert dehors, annonça l'un des deux hommes. Il se cachait dans une poubelle.

— Pas du tout! protesta Tim.

— Si, il se cachait dans une poubelle.

— C'est-à-dire que... je cherchais mon petit frère, expliqua Tim en se dégageant pour me rejoindre. Comment te sens-tu, Nick?

— Bien, répondis-je pour la douzième fois. Personne ne m'a fait de mal. Est-ce que quelqu'un pourrait enfin ouvrir cette caisse? »

Ted plissa les yeux.

« Tu veux dire que... tu n'es pas blessé?

— Évidemment il n'est pas blessé! s'exclama Tim en se penchant pour extraire une des dagues. Ce sont des lames truquées. Regardez. »

Il se retourna et planta la dague dans le bras de Red. Celui-ci ouvrit des yeux exorbités, poussa un drôle de grognement, et s'effondra.

« Oh zut, bredouilla Tim en baissant les yeux. Excusez-moi. »

« Je suis content de vous voir, déclara M. Waverly. Dès qu'on m'a signalé votre présence à Amsterdam, j'ai compris que vous étiez sur les traces de Charon. Et j'ai aussitôt envoyé mes agents pour vous protéger. Ils vous ont localisés juste à temps. Vous avez eu de la chance... »

Depuis notre arrivée à Londres en avion, nous étions presque revenus à la case départ. Très exactement au numéro 17 de la rue Kelly. A cette différence que, cette fois, il n'y avait pas d'oiseaux. Le quartier général du M.I.6 ressemblait à ce qu'il était lors de notre première visite. Par-dessus son bureau tapissé de cuir, M. Waverly nous examinait de ses petits yeux gris, tandis que Ted et Ed montaient la garde à la porte. Red était là, lui aussi, l'épaule et le bras bandés à la suite du coup de couteau malencontreux de Tim.

« Vous nous avez peut-être protégés, mais c'est vous qui nous avez mis dans le pétrin, fis-je remarquer.

— Tout cela est votre faute, riposta M. Waverly en haussant les épaules. Comment pouvions-nous deviner que Charon essaierait de vous tuer ? »

M. Waverly jouait les innocents, mais je n'étais pas dupe. Il s'était arrangé pour faire savoir à Charon que nous travaillions pour les services secrets. Il nous avait drogués et abandonnés dans la nature. Nous lui servions de cibles ambulantes. Et s'il avait expédié ses agents à Amsterdam, ce n'était pas pour nous protéger, mais pour mettre la main sur Charon.

« Je suppose que vous avez un tas de questions à me poser ? dit M. Waverly.

— J'en ai une, acquiesça Tim. Où sont passés les oiseaux ?

— Quels oiseaux ? »

Il fallut un instant au chef du M.I.6 pour comprendre.

« Oh, vous voulez parler de la boutique d'oiseaux Bodega. C'était une façade. Nous y étions contraints : nous ne pouvions pas laisser intervenir la police.

— Bien sûr, dis-je. Ils auraient découvert que c'est vous qui avez payé Charon pour assassiner Kusenov. »

J'avais réussi mon effet. Pendant une seconde, Waverly perdit son sang-froid et je vis un éclair de panique briller dans ses yeux pâles. Derrière lui, Ted et Ed se trémoussèrent d'un air embarrassé. On aurait dit trois écoliers surpris en train de fumer derrière le gymnase.

« Comment le savez-vous ? questionna Waverly d'un air intrigué.

— J'ai découvert ceci », répondis-je en sortant de ma poche le chèque trouvé dans le tiroir du bureau de Charon.

M. Waverly y jeta à peine un coup d'œil. Il savait trop bien ce que c'était. Il émit une petite toux sèche et se passa la main dans les cheveux.

« Je dois vous féliciter, dit-il. Vous êtes des jeunes gens très astucieux.

— Pourquoi avez-vous fait ça, monsieur Waverly ? demandai-je. Si vous vouliez tellement arrêter Charon, pourquoi avoir commencé par lui donner de l'argent ? »

Waverly poussa un soupir. Je crois qu'il était soulagé de se confesser.

« C'est une opération qui a très mal tourné, commença-t-il.

— Oh ! je suis navré, dit Tim. J'ignorais que vous aviez été opéré.

— Je n'ai pas été opéré, monsieur Diamant ! »

Waverly s'interrompit. Les choses s'annonçaient plus difficiles qu'il ne l'avait cru.

« Nous devions à tout prix retrouver Charon, reprit-il enfin. Trop de gens étaient morts. Pas seulement en Angleterre, mais en Amérique, en France, et même en Russie. Chaque fois, le coupable était Charon. Nous avons donc décidé de monter une opération pour le démasquer et nous avons eu une idée. Le moyen le plus simple pour le localiser était de devenir son client.

— Comment avez-vous procédé ?

— C'était facile. Charon avait de nombreux

agents qui travaillaient pour lui. L'homme qui a assommé le prestidigitateur, par exemple. Nous leur avons fait passer un message, qu'ils ont ensuite transmis à Charon.

— Ainsi, vous l'avez engagé pour assassiner Kusenov.

— Oui. Nous avons choisi Kusenov parce que nous savions qu'il n'avait pas la moindre intention de se rendre en Angleterre. En fait, il ne quitte jamais Moscou. Pour le tuer, Charon était donc obligé de se rendre en Russie. Et, bien entendu, pour aller là-bas il avait besoin de quelque chose...

— Un avion? suggéra Tim.

— Un visa, dit Waverly. Personne ne peut entrer en Russie sans visa. Vous saisissez? C'était une idée géniale. Tout ce que nous avions à faire, c'était de surveiller les personnes qui demanderaient un visa pour la Russie. L'une serait forcément Charon. Et si un homme demandant un visa pour la Russie n'avait que neuf doigts...

— Si je comprends bien, vous ne vouliez pas vraiment la mort de Kusenov.

— Évidemment! C'était ça l'astuce. Nous étions certains que Charon n'aurait pas la possibilité de le tuer. Kusenov était une cible inaccessible. »

Maintenant je voyais clair. Waverly avait raison. Son idée était géniale, jusqu'à ce qu'un grain de sable fasse tout dérailler.

« Kusenov s'est décidé à l'improviste à venir en Angleterre ! m'exclamai-je.

— Exactement, soupira Waverly. A cause de cette horrible peinture, « La Fête du tsar », qui va être vendue aux enchères chez Sotheby's. Kusenov est un collectionneur et un admirateur passionné du peintre Salvador Dali. Il pense que ce tableau devrait appartenir à son pays et il est venu l'acheter. Comment pouvais-je prévoir une chose pareille ?

— Je comprends, dis-je.

— Pas moi, grommela mon frère.

— Écoute, Tim. Si Charon avait tué Kusenov sur le sol britannique et si les Russes avaient découvert qu'il était payé par les services secrets...

— C'était la catastrophe », termina Waverly à ma place.

Il s'était affaissé dans son fauteuil comme un ballon dégonflé.

Ted fit un pas en avant.

« C'est terminé, maintenant.

— Oui, répondit M. Waverly en se redressant un peu. C'est fini. Grâce à vous deux...

— Une petite minute », l'interrompis-je.

Je ne voulais plus être mêlé à cette affaire. Tout ce que je désirais, c'était rentrer chez moi et oublier tout ça. Mais j'avais l'impression que M. Waverly avait lui-même oublié certains détails.

« Vous n'avez toujours pas trouvé Charon, dis-je. Et Kusenov n'est toujours pas hors de danger.

— Voyons, mon jeune ami ! s'écria M. Waverly, redevenu lui-même. L'homme à la cicatrice, c'est lui votre Charon !

— Le Balafré ?

— Mais oui. Et il est déjà en prison. Ce ne pouvait être que lui. Il lui manque un doigt à la main droite. »

Je revis en un éclair la scène qui s'était déroulée dans le théâtre d'Amsterdam. Les paroles de Waverly me laissèrent abasourdi.

« Évidemment il lui manque un doigt à la main droite ! m'exclamai-je. Ted lui a tiré une balle dedans ! »

Un frisson de panique parcourut les trois agents. Ils se consultèrent brièvement, puis Ted s'avança.

« Il est exact que je lui ai tiré une balle dans la main, admit-il. Mais je ne l'ai pas vu perdre un doigt.

— Il l'a forcément perdu à ce moment-là !

insistai-je. La première fois que j'ai rencontré le Balafré, il avait tous ses doigts. »

Ted secoua la tête d'un air suffisant.

« Du calme, mon gars. Ton Balafré EST Charon.

— Il l'a avoué ?

— Non, mais nous le ferons parler. »

Je doutais que Ted fût capable de faire parler qui que ce soit sans l'aide d'un copain, mais je m'abstins de le dire. Je préférai m'adresser à M. Waverly. Il était mon dernier espoir.

« M. Waverly, commençai-je, je sais que le Balafré n'est pas Charon. Je vous en prie, croyez-moi. Vous faites erreur sur la personne. »

Mais M. Waverly ne m'écouta pas. Il s'était resanglé dans son costume-cravate.

« Je crois que je suis meilleur juge que vous, dit-il d'un air sévère.

— Pourquoi ?

— Parce que je suis le patron des services secrets et que vous n'êtes qu'un gamin de quinze ans !

— Là-dessus, il a raison, Nick », intervint Tim.

J'ouvris la bouche pour protester, puis me ravisai. Inutile de discuter avec eux. Mieux valait agir seul.

« Qu'allez-vous faire de nous maintenant ? demandai-je.

— Vous pouvez rentrer tous les deux chez

vous, répondit Waverly. J'ai eu un petit entretien avec la police. Vous ne serez plus recherchés pour le vol de la banque, ni pour le meurtre de M. Lemon au théâtre Albert Hall.

— Au fait, qui était ce Lemon? questionna Tim. Je l'avais presque oublié.

— Une autre victime de Charon, tout simplement. Lemon était promoteur immobilier, et les promoteurs immobiliers ne sont pas très populaires de nos jours. Il se peut qu'on ne découvre jamais qui a payé pour le faire assassiner. Peut-être est-ce tout un groupe de personnes. Ce n'est pas important. »

C'était important pour Ernest Lemon. Mais ça non plus, je ne le dis pas. Je n'avais qu'une envie : sortir de ce bureau.

Tim se leva.

« Bon, eh bien, si c'est terminé...

— Oui, c'est fini, dit M. Waverly.

— Parfait. »

Tim fit quelques pas vers la porte, s'arrêta et se retourna vers Waverly.

« J'ose à peine vous demander si vous pourriez nous prêter deux tickets d'autobus pour rentrer chez nous? »

Nous rentrâmes à pied. A chaque pas que je faisais, la même pensée me martelait la tête. Ils s'étaient trompés de bonhomme. Ils avaient fait erreur sur la personne. Je savais que le Balafré n'était pas Charon. Dans la villa De Winter, il se trouvait dans la même pièce avec l'Affreux et un troisième personnage. C'était lui Charon. Le troisième personnage.

Je repensai au bureau, au tiroir que j'avais fouillé... le paquet de cigarettes, le miroir et... autre chose. J'avais oublié quoi. J'étais fatigué. J'avais besoin de sommeil. Mais je ne pouvais pas dormir. Pas encore. Ils s'étaient trompés d'assassin.

En chemin, Tim ramassa un journal oublié sur un banc. Maintenant que l'affaire était terminée et qu'il était blanchi, mon frère ne figurait plus à la une. On ne mentionnait même pas son nom. Tim Diamant faisait désormais partie du passé. A la maison, pendant que Tim s'absorbait dans la lecture du journal, je mis de l'eau à chauffer pour faire du thé. Le temps que le thé infuse et que je l'apporte dans le bureau, mon cerveau s'était remis à fonctionner. Je triai avec soin les pièces du puzzle pour essayer de les assembler.

Charon.

Un marteau blanc.

Un miroir dans un tiroir.

Faites du bazar chez Toby.

« Tiens, il y a quand même un article concernant l'affaire, annonça Tim.

— A propos de quoi?

— De la vente du tableau de Kusenov. "La Fête du tsar", chez Sotheby's. »

Toby...

Je me redressai d'un bond.

« Qu'est-ce que tu viens de dire, Tim?

— Rien, je te signalais simplement...

— Je sais. Répète-moi ce que tu as lu. Le titre de l'article. »

Tim brandit le journal et lut :

« "La Fête du tsar" est le premier lot de la vente aux enchères qui sera adjugé au marteau cet après-midi. »

Je lui arrachai le journal des mains.

« Mais oui, bien sûr ! Tu as mis le doigt dessus, Tim ! Tu es génial !

— Je sais, sourit Tim d'un air béat. Mais... pourquoi? Qu'est-ce que j'ai fait?

— Tu viens de le dire ! Le marteau... !

— Quoi? Où?

— Chez Sotheby's ! »

Je lui mis le journal sous le nez.

« C'est ce que Mac Guffin a essayé de te dire. Mais à cause du bruit du train et de l'énervement, tu as mal compris.

— Quoi?

— Mac Guffin n'a pas dit : "Faites du bazar chez Toby". Il a dit : "Fête du tsar chez Sotheby's". »

Je tournai d'un mouvement sec le poignet de Tim pour lire l'heure sur sa montre. Une heure et demie.

« A quelle heure commence la vente aux enchères ?

— Deux heures.

— Il nous reste une demi-heure. On arrivera peut-être à temps. »

Je m'élançais déjà vers l'escalier, mais Tim ne bougeait pas. Ses yeux allaient de moi au journal, puis du journal à moi.

« La vente aux enchères ? marmonna-t-il. Pourquoi veux-tu aller là-bas ?

— Tu ne comprends donc rien ? Il faut arrêter la vente !

— Arrêter la vente ? Pourquoi ?

— Pour empêcher Charon d'agir. Il va faire sauter Kusenov. »

15

SOUS LE MARTEAU

Un bus s'apprêtait à démarrer au moment où nous quittions le bureau. En dévalant la rue à toute allure, nous réussîmes à le rattraper alors qu'il ralentissait devant un passage pour piétons. Le conducteur nous jeta un regard noir. Les conducteurs de bus détestent que des passagers montent entre les arrêts. Il aurait été encore plus fâché de voir que nos coupons d'abonnement étaient périmés depuis neuf mois.

Je suivis Tim à l'étage supérieur, le plus loin possible du conducteur. Mon cœur s'emballait, ce qui n'était pas le cas du bus. Loin de là. Le conducteur semblait bien décidé à s'arrêter à chaque feu, à chaque croisement, à chaque passage clouté. La montre de Tim indiquait deux heures moins vingt. Nous n'arriverions jamais à temps.

« Pourquoi ne pas les avertir par téléphone ? proposa Tim, devinant mon inquiétude.

— Jamais ils ne me croiraient. D'ailleurs, toi-même tu ne me crois pas.

— Eh bien, j'avoue que...

— Écoute-moi, Tim. Je sais que j'ai raison. Il *faut* que j'aie raison. Tu te souviens du marteau que nous avons vu dans la villa De Winter ? Un marteau ancien, en ivoire.

— Oui, je m'en souviens.

— C'est un marteau de commissaire-priseur. On s'en sert dans les ventes aux enchères. Tu l'as lu toi-même, Tim. Le tableau sera vendu aux enchères. Ce qui signifie que le commissaire-priseur l'adjugera au marteau.

— Mais oui, bien sûr !

— Je crois que Charon va échanger le marteau du commissaire-priseur avec celui que nous avons vu chez lui. C'est sûrement ça qu'ils étaient en train de mettre au point. Le faux marteau va sans doute provoquer un contact électrique. Ou quelque chose de ce genre.

— Tu veux dire que... Charon va électrocuter le commissaire-priseur ? s'écria Tim en ouvrant de grands yeux.

— Non. Je pense qu'il va déclencher une explosion. Le marteau servira de détonateur. Voilà comment Charon projette de liquider Kusenov. Au moment où le tableau sera présenté aux acheteurs, la salle partira en fumée ! »

Le bus ralentit à nouveau, mais cette fois pour s'arrêter à une station, et la femme la plus vieille que j'aie jamais vue s'apprêta à monter. Elle trimbalait au moins une douzaine de sacs en plastique. Il lui faudrait la journée pour grimper dans ce fichu bus ! Je donnai un coup de coude à Tim, si fort qu'il poussa un cri. Deux heures moins le quart. Nous étions en haut de Baker Street. Si le bus redémarrait tout de suite, nous avions une chance d'arriver à temps. Mais la circulation était plus dense que jamais et la vieille dame s'affairait encore avec ses paquets. Pire : le conducteur était en train de monter au premier étage pour contrôler les billets. Je pris ma décision.

« Allons-y au pas de course, Tim.

— Quoi... jusque là-bas ? »

J'étais déjà debout. Nous avions quinze minutes devant nous, des coupons de transport périmés, et le bus ne démarrait pas. Ce n'était vraiment pas le moment de discuter.

La principale salle des ventes de Sotheby's se trouve dans New Bond Street, en plein centre de

Mayfair. Si jamais vous vous trouvez un jour dans les parages, évitez de faire du lèche-vitrines. Vous n'aurez même pas les moyens de vous offrir la vitre. Mayfair est le quartier où les riches viennent acheter leurs rivières de diamants et leurs robes de marque, tandis que leurs chauffeurs les attendent dans leur Rolls-Royce, garée en double file. New Bond Street aligne les petites boutiques et les gros prix. Tout y est très mondain. Même les garçons d'ascenseur exigent que vous leur disiez « monsieur ».

Sotheby's, au numéro trente-cinq, est une petite porte élégante parmi d'autres. Au moment où nous débouchions d'Oxford Street pour dévaler en courant les dix derniers mètres, j'entendis les carillons sonner deux heures. Aucun garde ne surveillait l'entrée. Kusenov devait se trouver à l'intérieur car la vente avait commencé. Et M. Waverly croyait le Russe en sécurité !

J'allais pousser la porte, lorsqu'une pensée désagréable m'assaillit. S'il y avait une bombe — et j'étais certain qu'il y en avait une —, elle pouvait exploser n'importe quand. Il suffisait que le commissaire-priseur abatte son marteau. Avais-je vraiment envie d'entrer dans cette salle ? Tim devait partager mes pensées, car il restait pétrifié sur place, comme si ses talons avaient été rivés au trottoir.

« Il faut entrer, Tim, dis-je d'une voix neutre.
— Nick...
— Si Kusenov meurt, le monde entier en sera chamboulé.
— Oui, mais le monde a peut-être besoin d'un petit chamboulement... »

Je laissai Tim à ses réflexions. Ma décision était prise. Je devais à tout prix interrompre la vente. Mon frère était libre de faire ce qu'il voulait.

La porte ouvrait sur un vaste hall d'entrée. Le bureau d'accueil faisait face à l'escalier menant au premier étage. C'était vraiment un curieux endroit. Des millions et des millions transitaient par cette porte et pourtant le lieu lui-même ne valait pas grand-chose. Qu'est-ce qu'une salle des ventes, après tout? Rien de plus qu'une halle de triage, une sorte de comptoir de vente à grande échelle.

Ce jour-là, l'immeuble était comble. Il y avait des gens partout, qui montaient, descendaient, et arpentaient le couloir menant à une salle annexe. Quelqu'un me bouscula. Dans sa main il tenait une poupée ancienne, avec une étiquette attachée à la jambe. Un autre passa en sens inverse. Il était chargé d'un miroir à cadre doré, dans lequel je croisai fugitivement mon propre reflet. J'avais une sale mine et l'allure dépenaillée. Et j'étais jeune. Trop jeune. Acceptait-on les mineurs dans les salles des ventes?

« Bonjour, mesdames et messieurs... »

La voix grésillait dans les haut-parleurs installés au-dessus du bureau d'accueil. Une voix grave, bon chic bon genre. Le bon-chic-bon-genre se vendait certainement très bien chez Sotheby's. « Le lot numéro un est un tableau d'un peintre dont l'influence sur le surréalisme en Europe fut déterminante », poursuivit la voix dans le haut-parleur. « Il s'agit bien sûr de Salvador Dali. Ce tableau est intitulé "La Fête du tsar". C'est une huile sur toile. J'ouvre les enchères à 100 000 livres. »

Je me tournai vers Tim, qui s'était décidé à me rejoindre.

« La vente a commencé.

— Où ?

— Au premier étage. »

Je m'aperçus alors que Waverly n'avait pas complètement relâché sa surveillance sur Boris Kusenov. Préférant laisser le M.I.6 dans l'ombre, il avait repassé l'affaire à la police. Au bas de l'escalier, deux agents en uniforme surgirent d'un renfoncement pour nous bloquer le passage.

« Où comptez-vous aller ? questionna le premier policier.

— *Deux cent mille livres...*, annonça le commissaire-priseur.

— Je veux assister à la vente, répondis-je en avançant.

— Un peu jeune pour ça, non! ricana le second policier. Allez vous amuser ailleurs, mon garçon. C'est réservé aux grandes personnes.

— Vous ne comprenez pas, dis-je en serrant les poings, exaspéré. Il faut me laisser passer.

— *Trois cent mille livres, pour ce monsieur venu tout spécialement de Moscou...*

— Vous avez entendu ce que j'ai dit », insista l'agent de police qui ne riait plus du tout et fixait sur moi ses petits yeux stupides.

Je connaissais ce genre de personnages. S'il se réincarnait en orang-outan dans une autre vie, ce serait une promotion.

« Je vous en prie, gémit Tim. Nous désirons voir M. Grossamov.

— Boris Kusenov, rectifiai-je. Il court un danger.

— Quel danger? » questionna le premier policier.

Le haut-parleur grésilla : « *400 000 pour la dame du premier rang. 500 000 pour le monsieur de Moscou.* »

« Il faut que vous montiez dans la salle, Kusenov est en danger, insistai-je. Nous sommes tous en danger. L'immeuble va exploser.

— Je crois que vous feriez mieux de nous accompagner, dit le premier policier.

— *600 000 livres pour le monsieur du fond.*

— Vous accompagner où ?

— Au poste.

— Quel poste ? bredouilla Tim.

— *700 000 livres à M. Kusenov.*

— C'est fichu », soupirai-je.

J'avais envie de m'arracher les cheveux. Il nous restait à peine quelques secondes, et je devais encore me débarrasser de ces deux gorilles.

Je n'avais plus qu'une chose à faire. C'était un truc archi-usé, mais j'espérais qu'il marcherait au moins une fois encore. Je pointai le doigt derrière les deux policiers en criant : « Regardez ! »

Les deux policiers se retournèrent. Tim aussi.

Je les écartai et m'élançai dans l'escalier. L'un d'eux m'empoigna. Je me dégageai et le repoussai violemment. Il perdit l'équilibre et tomba sur son collègue. Tim était toujours le nez en l'air, cherchant ce que j'avais montré du doigt. J'ai vraiment un frère impossible. Roulant l'un pardessus l'autre, les deux policiers l'entraînèrent dans leur chute. L'escalier était libre. Je bondis.

« *750 000 pour cette jeune dame...* »

Deux employés qui transportaient un sofa bloquaient le haut de l'escalier. Je me faufilai dessous. L'un des deux employés m'interpella, mais je poursuivis mon chemin. J'espérais seulement qu'ils bloqueraient l'escalier assez longtemps pour retarder les policiers.

« *850 000 pour M. Kusenov. 900 000 à ma droite. Que dites-vous, monsieur Kusenov ?...* »

J'entendais les enchères lancées dans les haut-parleurs, mais impossible de trouver la salle. Tout près, il y avait une vaste pièce carrée, avec des aquarelles et des gravures accrochées aux murs, mais elle était vide. Enfin je remarquai une autre porte, sous une voûte, juste en face. Je m'y précipitai. Mes pas étaient étouffés par les tapis élimés.

« *950 000 à M. Kusenov. Y a-t-il une enchère au-dessus de 950 000 ?* »

J'entrai en trombe dans la salle et j'enregistrai toute la scène d'un seul coup d'œil.

« *950 000... une fois...* »

Le tableau mis aux enchères, le seul responsable de tous nos ennuis, celui qui avait attiré Kusenov hors de son pays, était là. Je l'imaginais moins grand. Il était exposé dans un cadre doré, sur un chevalet, au milieu de l'estrade. Un assistant se tenait juste à côté.

Le commissaire-priseur, grand et mince, la tignasse rousse, et un sourire de commande collé au milieu du visage, se trouvait derrière un bureau en bois ouvragé et tenait à la main le fameux marteau en ivoire.

Environ deux cents personnes se pressaient dans la salle. Kusenov était assis au milieu de l'assistance. Je ne sais pas comment je réussis à le reconnaître. Pour lui, j'avais risqué ma vie trois fois, pour lui, j'avais traversé la Manche, et pourtant je ne le connaissais pas. C'est incroyable à quel point il correspondait à l'image que je m'étais faite de lui. Cheveux gris, visage de granit, petit, regard sévère, costume. Les Russes ont ceci de typique. Ils ont un air très... russe.

Kusenov avait une escorte. Si je ne l'avais pas reconnu, j'aurais pu l'identifier grâce aux gardes du corps qui l'entouraient : l'inspecteur-chef Snape était assis d'un côté, Boyle, la mine maussade, de l'autre. Pourquoi avait-on choisi justement ces deux-là ? Quelle que fût la raison, ça ne m'arrangeait pas. J'avais toute la salle à traverser pour parvenir jusqu'au marteau, deux policiers à mes trousses, et Snape et Boyle devant moi.

« *950 000 deux fois...* »

Le commissaire-priseur leva son marteau. Dans une seconde, il serait trop tard. Le marteau allait retomber pour adjuger la vente. Il n'y aurait plus d'enchères. Cette salle ne recevrait plus jamais de ventes aux enchères.

A moins...

Je levai la main très haut en criant : « Un million ! »

Le marteau se figea en l'air. Un murmure étonné parcourut l'assistance et tous les regards convergèrent sur moi. Je fis quelques pas en avant. Le commissaire-priseur m'examina, se pencha vers son assistant pour lui glisser quelques mots à l'oreille, et se tourna de nouveau vers moi :

« Qui êtes-vous ? »

En fait, ce n'était pas *qui*, mais *ce que* j'étais, qui l'intéressait.

« Un amateur, répondis-je. Et je mets une enchère d'un million. »

Tout en parlant, j'avançais dans l'allée pour me rapprocher du marteau. Je sentais tous les regards peser sur moi. Du coin de l'œil, je vis Snape et Boyle se lever et contourner les rangées de sièges pour me couper la route. Mais je continuai d'avancer.

« Vous êtes bien trop jeune ! s'exclama le commissaire-priseur en faisant rouler le marteau dans sa main.

— Je sais. Mais j'ai beaucoup d'argent de poche. »

Nouveau murmure dans l'assistance. Kusenov m'observait. La sueur luisait sur son front. Sans doute craignait-il que le tableau lui échappe. Snape arriva devant l'estrade et lança : « Attendez ! Je connais ce garçon !

— Moi aussi, grogna Boyle en rejoignant son chef.

— Qui êtes-vous ? questionna le commissaire-priseur d'une voix mal assurée.

— Police, aboya Snape. Et ce gamin n'a pas un sou en poche ! »

On aurait cru que le commissaire-priseur allait fondre en larmes. De toute évidence, jamais il n'avait affronté pareille situation.

« Heu... je vous en prie... Revenons à la dernière enchère, bredouilla-t-il en tripotant son marteau. Nous en étions à 950 000 livres.

— Un million et demi ! criai-je.

— Co... comment ?

— Boyle, arrêtez-le ! ordonna Snape.

— Tout de suite », grimaça Boyle.

Le commissaire-priseur s'efforça de nous ignorer.

« 950 000, reprit-il. Qui dit mieux ? »

Je fis un autre pas en avant et lançai : « J'achète le marteau ! »

« 950 000 une fois », poursuivit le commissaire-priseur, bien décidé à terminer sa vente. Impossible de l'arrêter. Boyle serait bientôt sur moi. Tout à coup, Tim apparut à l'entrée de la salle. Il avait réussi — je ne sais comment — à se débarrasser des deux policiers.

« Où est la bombe ? lança-t-il à haute voix.

— Quelle bombe ? » s'écria Snape.

L'assistance était pétrifiée.

Je bondis pour arracher le marteau des mains du commissaire-priseur et criai : « Tim ! » Je me retournai et lançai le marteau vers mon frère, par-dessus la tête des spectateurs. Tim l'attrapa au vol.

Boyle bondit sur moi.

Je fis un pas de côté.

Boyle me manqua mais, emporté par son élan, il trébucha et tomba, les mains et la tête en avant, en plein dans le tableau. Il y eut un horrible bruit de toile déchirée et Boyle disparut tout entier à travers le cadre.

Dans l'assistance, Kusenov s'évanouit.

Le commissaire-priseur contempla tristement le tableau déchiqueté en secouant la tête.

« Adjugé », murmura-t-il.

16

LIVRAISON SPÉCIALE

« Tu te rends compte qu'il y avait assez de dynamite sous le siège de Kusenov pour faire sauter la moitié de Londres ?

— Quelle moitié ? » demanda Tim.

Trois jours avaient passé. Je lisais les articles de journaux relatant l'attentat manqué chez Sotheby's. Pour le marteau, j'avais deviné juste. L'estrade du commissaire-priseur était équipée d'un fil connecté à un détonateur, et sous le plancher étaient cachés dix-neuf bâtons de dynamite. En frappant le bureau, le marteau aurait pulvérisé Kusenov. A l'idée que j'étais là-bas, moi aussi, j'en avais des sueurs froides.

Bien entendu, la presse donnait une version

déformée des faits. Notamment pour ce qui touchait à mon rôle. Ainsi, à en croire les journaux, c'était l'inspecteur-chef de Scotland Yard, Snape, qui avait donné l'alarme et sauvé la vie du visiteur de Moscou. J'étais relégué au bas de l'article, comme le « jeune inconnu » qui avait brièvement interrompu la vente aux enchères peu avant la découverte de la bombe.

Cette version me convenait parfaitement. Je ne tenais pas à devenir un héros. Si mes parents voyaient ma photo dans le journal, qui sait comment ils réagiraient ? Ils risquaient de vouloir rentrer en Angleterre. Et puis Snape avait besoin de redorer son blason. Pour le punir de nous avoir laissés échapper dans l'express de Douvres, ses supérieurs l'avaient affecté, avec Boyle, à la protection de Kusenov. Quant au Russe, il avait dû se résigner à rentrer chez lui, sans le tableau. Sotheby's avait toutefois eu la délicatesse de lui offrir le cadre.

M. Waverly ne s'était pas manifesté. Je pense qu'il préférait laisser le M.I.6 en dehors de cette histoire. Nous lui avions pourtant sauvé la mise et il aurait pu au moins nous envoyer un petit mot. Ça, c'était vraiment des services secrets. Plutôt contents d'être secrets. Mais jamais assez pour vous rendre service.

Quoi qu'il en soit, Tim et moi étions presque

revenus à la case départ. Il était cinq heures de l'après-midi et nous étions attablés devant un carton de lait. Je ne me souviens plus si c'était le thé ou le dîner. Probablement les deux.

« Dix-neuf bâtons de dynamite, Tim. Tu imagines ? Charon voulait vraiment envoyer Kusenov au ciel.

— C'est le moins qu'on puisse dire.

— Dommage qu'on n'ait pas découvert qui il était.

— C'était un diplomate russe, Nick.

— Mais non, pas Kusenov. Je parle de Charon. La police n'a toujours pas mis la main dessus.

— C'est probablement la dernière personne à laquelle tu t'attendais, Nick, dit Tim en levant son verre de lait. Tu sais, j'ai un sixième sens pour ça.

— Dommage qu'il te manque les cinq autres », murmurai-je.

A ce moment-là, on frappa à la porte.

Aucun de nous ne bougea. La dernière fois que quelqu'un avait frappé à cette porte, ça nous avait coûté très cher. On nous avait pourchassés, kidnappés, drogués, jetés d'un train, mitraillés, brutalisés, et tout ça pour des prunes. Tim n'avait pas plus envie que moi d'ouvrir. Je l'avais même vu démonter la sonnette.

Pourtant la porte s'ouvrit et un coursier en

tenue de motard apparut. Il avait un costume de cuir noir, de la tête aux pieds, et le visage masqué par la visière de son casque. Je me surpris à compter ses doigts. Il en avait dix. Cinq d'entre eux tenaient une longue et étroite boîte en carton.

« Tim Diamant ?

— C'est moi.

— Livraison spéciale. »

Le motard déposa le paquet. Je signai le reçu et il partit. Pendant que je refermais la porte, Tim ouvrit le paquet et en sortit une rose rouge. Une seule.

« Laisse-moi deviner, dis-je. M. Waverly ?

— Non, répondit Tim en rougissant. Charlotte.

— Charlotte ? »

La dernière fois que nous avions vu la jeune femme, c'était dans la gare d'Amsterdam. Je l'avais presque oubliée.

« Qu'est-ce qu'elle veut ?

— Me voir, répondit Tim en contemplant la petite carte blanche épinglée sur le paquet. Ce soir.

— Où ?

— Charlotte veut me voir seul, Nick.

— Comment le sais-tu ?

— Elle l'a écrit. Et c'est souligné à l'encre rouge.

— Ça ne t'empêche pas de me dire à quel endroit tu dois la retrouver. »

Tim était rouge comme une pivoine, les paupières papillonnantes, haletant. Je crus qu'il souffrait d'une intoxication alimentaire. Mais non, c'était impossible. Quand avions-nous mangé pour la dernière fois ? Enfin je compris. Il était toujours amoureux de Charlotte.

Je n'arrivais pas à y croire. Je n'avais jamais imaginé mon frère sortant avec une fille, surtout parce que je n'imaginais pas qu'une fille puisse avoir envie de sortir avec lui. Ce n'est pas que Tim soit moche, loin de là. Mais si vous étiez une jeune femme séduisante et raffinée, aimeriez-vous fréquenter un homme qui pleure en regardant *La Petite Maison dans la prairie ?* Tim n'a rien de sexy. Il dort en pyjama rayé et la seule chose qu'il adore serrer dans ses bras, c'est sa bouillotte.

Et pourtant Charlotte Van Dam lui faisait des avances. Elle voulait le voir seul ! C'était même souligné à l'encre rouge.

« Peu importe l'endroit du rendez-vous, Nick, se défendit Tim, les joues brûlantes. Ça ne concerne que nous. »

Qu'est-ce que Charlotte avait bien pu écrire sur sa carte pour le mettre dans cet état ? Tim entra dans la cuisine pour prendre une douche.

J'entendis l'eau gicler sur le rideau, puis le bruit des pieds nus sur le carrelage, et enfin un éternuement. L'eau était froide, sans doute. Ensuite une porte claqua, et ce fut le silence.

Vingt minutes après, Tim reparut vêtu d'un costume froissé en lin, un mouchoir bleu pâle à la pochette. Il s'était lavé les cheveux et soigneusement peigné. Il lui restait de la mousse à raser dans une oreille, et du talc dans l'autre. Mais, dans une lumière tamisée et en regardant vite, on pouvait le trouver très beau.

« Je rentrerai... après, dit-il en pesant sur le mot "après", comme s'il n'avait pas de fin.

— Amuse-toi bien.

— Ne m'attends pas, Nick. Couche-toi. »

Je finis de boire mon lait et jetai le carton vide en direction de la poubelle. Il heurta le bord et retomba à côté. J'étais déprimé, il fallait bien l'admettre. Que deviendrais-je si Tim s'installait avec une petite amie ? Et si elle était assez folle pour l'épouser ? Je me retrouverais dans le premier avion pour l'Australie et, cette fois, pas question de me défiler. Mes parents m'accueilleraient — bras ouverts et portes verrouillées. On ne me laisserait même plus sortir après huit heures du soir ! Après toutes les aventures que j'avais vécues en Angleterre avec Tim, il ne pouvait rien m'arriver de pire. On me traiterait comme un enfant.

Comme je n'avais rien à faire, j'entrepris de nettoyer l'appartement. Tim aurait peut-être l'idée saugrenue de ramener Charlotte. Je tapai les coussins, époussetai le dessus de la cheminée, puis ramassai une chemise qui traînait par terre. C'est là que je découvris les gants, par terre, sous la chemise. C'étaient les gants que Charlotte avait oubliés sur la table du café, dans la gare d'Amsterdam, au moment de s'enfuir.

Je ramassai les gants, avec l'intention de les ranger dans le tiroir du bureau, mais en les prenant, quelque chose m'intrigua. Ces gants avaient je ne savais quoi de bizarre. Je les étalai pour les examiner. Leur bizarrerie sautait aux yeux et pourtant il me fallut trente secondes pour en prendre conscience.

Le gant gauche n'avait que quatre doigts.

Quatre doigts...

J'eus l'impression qu'une main de glace m'étranglait. J'avais le souffle coupé. Je me mis machinalement à tordre le gant comme si je voulais l'essorer.

Le gant de Charlotte. Le gant de Charon.

Bien entendu, la vérité nous crevait les yeux depuis le début. Seule Charlotte savait que nous devions rencontrer 86. Dans le train, nous lui avions révélé le nom de la patinoire. Dès son arrivée à Amsterdam, elle avait envoyé l'Affreux et le Balafré éliminer l'agent secret, afin de l'empêcher de nous mettre sur sa piste. Les deux tueurs étaient certainement arrivés juste après nous.

La similitude des deux noms aurait dû me mettre sur la voie. Charon, Charlotte. Pourquoi n'avais-je rien deviné ? Peut-être était-ce du sexisme, mais jamais je n'avais imaginé qu'un tueur d'envergure internationale puisse être une femme. Tous (Mac Guffin, Waverly et Rushmore) avaient parlé de Charon comme d'un homme. C'était d'ailleurs là son arme la plus efficace. Charlotte profitait des préjugés de ses ennemis, elle se camouflait derrière. Elle savait que personne ne suspecterait une femme.

Mais ça aussi, j'aurais dû le deviner. En fouillant le bureau de Charon, dans la villa De Winter, j'avais trouvé un petit miroir couvert de poudre. Si j'avais réfléchi un tant soit peu, j'aurais deviné qu'il s'agissait d'un miroir de poudrier et j'en aurais déduit que ce bureau appartenait à une femme. Tout le reste du puzzle se serait alors mis en place.

Je me promis de lire un peu plus de littérature féministe — mais pas tout de suite. Mon frère venait de partir à un rendez-vous avec une tueuse. Si Charlotte voulait se venger sur lui d'avoir raté le meurtre de Kusenov... Il fallait que je le retrouve avant elle.

Je me précipitai dans la chambre de Tim. Il y avait des vêtements partout, sauf dans le placard. Il avait dû essayer toute sa garde-robe avant de choisir le complet en lin. Je triai rapidement les pantalons et les chemises et les jetai en tas dans la salle de bains. Il fallait absolument que je mette la main sur le carton qui accompagnait la rose. Le message de Charlotte avait fait rougir Tim. Ça faisait peut-être partie de son plan. Elle pouvait l'avoir attiré dans un endroit qui avait une signification spéciale pour eux, et où elle projetait de l'éliminer.

Aucune trace de la carte. Après avoir écarté les derniers vêtements de Tim, j'entrepris de fouiller dans sa collection de *Spirou*, ses factures, et ses six années d'abonnement à *Détective* (ce qui représentait une jolie pile sur le plancher). C'était un tel désordre que si j'avais voulu passer l'aspirateur, il m'aurait d'abord fallu une semaine pour le dénicher ! Et moi, je cherchais une toute petite carte blanche ! Et si Tim l'avait emportée avec lui ? Et si... ?

Je me forçai à réfléchir. Voyons... Tim n'était pas allé tout droit dans sa chambre. Il avait d'abord pris une douche. La douche...

L'appartement étant trop petit pour avoir une salle de bains, la douche se trouvait au fond de la cuisine, dans un renfoncement. L'agent immobilier avait fait valoir qu'on pouvait se laver et faire griller les toasts en même temps. C'était un miracle qu'on ne se soit pas électrocutés. Le sol de la cuisine était luisant d'eau, et le bonnet de douche de Tim perché sur la bouilloire. Il y avait trois savonnettes dans le réfrigérateur, mais pas de bristol blanc.

Je vidai tous les tiroirs. Couteaux, fourchettes, serviettes et torchons. Je fouillai dans la poubelle, le four, les placards. Rien. Désemparé, je m'adossai contre le frigo en me rongeant un ongle. J'étais certain que Tim n'avait pas jeté cette carte. Il l'avait forcément gardée comme souvenir. Mais où?

Quelque chose me piquait le dos. Je me redressai. C'étaient les petits aimants magnétiques en forme de kangourous plaqués sur la porte du réfrigérateur. Inutile de vous dire d'où ils venaient. Et c'est là que je trouvai enfin la carte de Charlotte, épinglée par un aimant sur le frigo! On y lisait ceci :

Fête foraine de Hampstead.
Sept heures, ce soir.
Tunnel de l'Amour.
Charlotte.

Le Tunnel de l'Amour! Pas étonnant que Tim ait rougi en lisant le message. Je regardai ma montre. Il était six heures et demie. Heureusement, Hampstead se trouvait seulement à trois kilomètres. J'avais une chance d'arriver à temps.

Je m'élançai sans même réfléchir. Mon frère avait rendez-vous avec une meurtrière. Il était amoureux. J'allais le sauver. Oui, mais je n'avais pas d'arme.

Le soir commençait à tomber. Mon instinct me disait que le Tunnel de l'Amour allait être plus long et plus ténébreux que jamais.

Des lumières. La foule. L'odeur des *hot dogs* et la cacophonie des musiques qui se mêlaient dans l'air doux du soir. La fête foraine s'étirait à perte de vue. Il était sept heures moins cinq. J'avais couru tout le long du chemin et je m'arrêtai pour reprendre mon souffle, les jambes flageolantes. D'un côté me parvenaient les grincements et les gémissements du train fantôme, de l'autre, le cliquetis métallique d'un wagonnet multicolore glissant sur des rails. Je dois avouer que je ne suis pas un fana de fête foraine. Comme je n'ai pas les moyens de m'offrir les attractions, ça ne m'amuse pas beaucoup. Cependant la fête de Hampstead était impressionnante. Il y avait bien un millier de visiteurs, peut-être plus. Et mon frère était parmi eux. Il me restait cinq minutes pour le trouver.

Je repris ma course et passai devant le tir de noix de coco, le palais des glaces, le toboggan et la grande roue. Une musique d'orgue retentit soudain et un immense manège s'ébranla, ses chevaux bariolés montant et descendant sur leurs tiges torsadées et dorées. Le Tunnel de l'Amour se trouvait juste en face. Je l'aperçus en même temps que je découvrais Tim. Mon frère était assis dans une barque avec Charlotte. La barque numéro onze. Mais celle-ci glissa dans l'entrée du tunnel avant que j'aie eu le temps de la retenir. Un petit homme corpulent, avec une verrue sur le nez, empocha leurs tickets et chercha du regard d'autres clients potentiels. Mais il devait faire trop chaud pour s'aimer. Il n'y avait pas d'amateurs.

Le Tunnel de l'Amour se composait d'une grosse structure en bois. Ses parois en plastique étaient censées imiter la pierre, mais elles avaient vraiment l'air en plastique. A l'intérieur du tunnel, on se promenait dans de petites barques sur une rivière artificielle peu profonde. Cela me fit sourire. Dans la mythologie grecque, Charon était le passeur des morts, et je me dis que Tim venait d'acheter un billet pour une mortelle traversée.

Je ne pouvais pas m'engager dans le tunnel derrière eux. Non seulement je n'avais pas d'argent, mais il était peu probable que l'homme à la verrue me laisserait y aller seul. Toutefois, si l'entrée était contrôlée, la sortie ne l'était pas. Je revins sur mes pas pour faire le tour du manège. Les chevaux de bois galopèrent un instant à mes côtés. Ensuite je gagnai l'arrière du Tunnel, là où l'eau jaillissait avant d'être réinjectée dans le circuit.

Je pénétrai sans hésiter dans l'étroite galerie.

Il n'y avait qu'un seul chemin, celui de la rivière. L'eau clapotait à hauteur de mes chevilles. Je barbotais dans la lumière tamisée de cet univers artificiel pour amoureux. Si vous avez un jour mis les pieds dans un tunnel de ce genre, vous savez de quoi je parle. La rivière serpentait et vagabondait au hasard et très lentement. Quelques cupidons en plastique (des mannequins en cire costumés) flottaient mollement sous le plafond. Je passai devant ce qui devait être le clou du voyage : un couple de mannequins déguisés en Roméo et Juliette. On n'entendait que l'écho affaibli de la musique foraine et le clapotis de l'eau. Si on avait ajouté un ou deux faux squelettes en plastique, on aurait pu se croire dans un train fantôme.

Une barque déboucha au détour d'un méandre et je grimpai sur la berge pour la laisser passer. Un pressentiment désagréable me noua l'estomac. C'était la barque numéro onze, et elle était vide.

« Vous avez tout gâché, vous et votre trop curieux petit frère... »

La voix (ou plutôt le sifflement venimeux) venait de l'autre galerie, après le tournant. J'avançai à pas de loup. Un gros câble noir serpentait devant mes pieds et se raccordait à un second câble pour rejoindre une prise murale. Je compris que c'était la source du courant qui alimentait tout le tunnel, et une idée germa aussitôt dans mon esprit. Je me baissai pour ramasser le câble, en tenant la prise de raccordement à deux mains. Il me suffisait de déconnecter les deux câbles pour plonger le tunnel dans le noir. Un seul ennui : je risquais de m'électrocuter pendant la manœuvre.

« Mais... Charlotte... », protestait Tim.

Sans lâcher le câble, j'approchai du virage. Charlotte se tenait sur une petite plate-forme triangulaire, devant une mauvaise imitation de Blanche-Neige et du Prince Charmant. Charlotte, elle, n'avait rien de charmant. Elle pointait un revolver sur Tim.

« J'aurais dû vous tuer quand j'en avais l'occasion, poursuivit-elle d'une voix rauque, qui me rappela aussitôt la voix que j'avais entendue à la villa De Winter. Dans le train, ou bien au théâtre Albert Hall.

— Je croyais que vous m'aimiez ! gémit Tim.

— Vous aimer? Je ne peux pas vous supporter!

— Oh... »

Jamais je n'avais vu mon frère si triste. Charlotte leva son revolver.

« Ça va être un plaisir pour moi de vous tuer. Ensuite je m'occuperai de votre frère. J'adore tuer. C'est mon métier, mais c'est aussi ma passion. Dans peu de temps, j'aurai mis sur pied un réseau criminel beaucoup plus important. Partout dans le monde, des gens souhaitent la mort d'autres gens. Je leur fournirai ce service. Je dirigerai une organisation multinationale du meurtre. Ma société sera cotée en Bourse! Je serai le numéro un. »

Charlotte Van Dam était folle. Maintenant je le voyais. Charlotte était Charon. La mort faite femme.

Son doigt se crispa sur la détente du revolver. Je fis un pas en avant, à découvert, en criant :

« Tim! Couche-toi! »

Et je déconnectai les deux câbles d'un geste vif.

Il y eut une étincelle et le tunnel fut plongé dans une obscurité totale. Mais il avait suffi à Charon d'une seconde pour faire volte-face et tirer. Pas sur Tim, mais sur moi. Je sentis la balle siffler à mes oreilles et tombai en arrière, en lâchant les câbles.

« Je vais te tuer ! hurla Charon d'une voix rauque, inhumaine. Je vais vous tuer tous les deux. »

Je l'entendis approcher derrière moi. Mais je ne voyais rien.

« Non ! cria la voix de Tim.

— Mais que... »

Cette fois, c'était Charon. Il y eut un bruit d'éclaboussures et, une demi-seconde plus tard, un éclair bleu effrayant, comme jamais je n'en avais vu. J'étais étendu sur le dos, et toute la scène m'apparut dans cet éclair bleu.

Comprenant que Charon allait se retourner contre moi, Tim l'avait poussée dans la rivière. Mais il ne savait pas que le câble qui m'avait échappé des mains était lui aussi tombé dans l'eau. Et lorsque Charon avait touché l'eau, son corps avait servi de conducteur au courant électrique.

Il n'y avait rien à faire. Un autre éclair bleu fusa. Charon flottait dans l'eau, le corps rigide. Puis un court-circuit coupa toute l'installation.

Une porte de secours nous permit de ressortir. La police avait été alertée et on nous offrit du thé chaud avant de nous poser les inévitables questions. Ils devaient nous croire en état de choc, et pourtant le choc fatal et définitif, c'était Charon qui l'avait reçu.

Je n'avais pas envie de parler. Les flonflons et les lumières de la fête foraine tournoyaient autour de nous et je me sentais un peu perdu au milieu de ce vacarme. Pourtant je devais regarder la vérité en face. J'étais venu au secours de Tim, mais c'était lui qui m'avait sauvé la vie. Il était en train de siroter son thé dans le gobelet en polystyrène, et soudain je sentis monter en moi une bouffée de tendresse à son égard. Finalement, j'étais peut-être bien en état de choc.

« Merci, Tim.

— Ce n'est pas moi qui offre le thé, répondit-il. C'est un policier. »

Derrière moi, le manège de chevaux de bois reprit sa farandole pour la millième fois, et cela me fit réfléchir. Des gens se faisaient tuer, des événements graves se produisaient, et pourtant la vie repartait pour un tour, comme ces chevaux de bois. Que ça me plaise ou non, on m'avait donné un ticket. Alors que pouvais-je faire d'autre sinon m'accrocher et m'amuser, en gardant mes larmes pour le jour où il me faudrait descendre du manège ?

TABLE

Vertige policier

M. Ardizio
- *L'affaire du Toon tueur*

A. Christie
- *Mort sur le Nil*
- *Le meurtre de Roger Ackroyd*
- *Dix petits nègres*
- *Cinq petits cochons*

O. Challet
- *Bardin retourne au lycée*

N. Charles
- *Pour toujours mon amour*
- *Sang d'encre*

S.A. Conan Doyle
- *Le Signe des Quatre*

G. Delteil
- *Piège sur internet*

F. Ducom
- *Nettoyage scolaire*

M. Grisolia
- *L'été rouge*

A. Horowitz
- *Le Faucon Malté*
- *L'ennemi public n°2*
- *Devine qui vient tuer*
- *Signé Frédéric K. Bower*

C. Lambert
- *Sitcom en péril*
- *Console à haut risque*

M. Leydier
- *Le grand plongeon*
- *Rockeurs dans le collimateur*

C. Lucarelli
- *Fièvre jaune*

F. Magnan
- *Les démons de Saint-Jacques*

S. Marvaud
- *Vacances mortelles*
- *Qui a peur de Cordouan ?*

S. Nicholls
- *Arrêt sur image*

B. Nicodème
- *Un rival pour Sherlock Holmes*
- *Chapeau, Agathe !*
- *Wiggins et Sherlock contre Napoléon*

M. Saint-Dizier
- *Qui veut tuer l'écrivain ?*
- *Le Télépathor entend tout !*

P. Shipton
- *Tirez pas sur le scarabée !*
- *Un privé chez les insectes*

B. Solet
- *Surf en eau trouble*

S.A. Steeman
- *L'ennemi sans visage*
- *L'infaillible Silas Lord*

P. Véry
- *Les héritiers d'Avril*

Vertige cauchemar

C.Carré
- *Mer calme, vue sur l'enfer*

B. Faas Rice
- *Le sacrifice de Beltane*

N. Fisk
- *Méfiez-vous de la Reine des fourmis*

Gudule
- *Ne vous disputez jamais avec un spectre*
- *La forêt des hurlements*

C. Lambert
- *Pages blanches et magie noire*

J. Landreaux-Valabrègue
- *Un zombi dans les bayous*
- *Halloween sur l'île des Pendus*

A. Pargam
- *L'œil sur la rivière*
- *Les mâchoires du Muséum*

J. Peel
- *La maison aux six cercueils*
- *La malédiction du pendu*
- *L'enfant des ténèbres*

T. Simon
- *Dernières volontés*

P. Stewart
- *Les griffes de l'angoisse*

T. Teng
- *Les racines de la forêt*

P. van Loon
- *Tout savoir sur les vampires, les monstres, etc.*
- *Ne mordez jamais vos voisins !*

P. van Loon et J. Didden
- *Petit guide à l'usage des amateurs de vampires*

P. van Loon et la Confrérie de l'effroi
- *Histoires macabres*
- *Noëls macabres et autres fêtes*

V. Vande Velde
- *La nuit du vampire*
- *Malédictions & Co*

A. Venise
- *Sortilèges au Musée de cire*

J. Waller
- *Le peuple des Égouts*

D. Whittington
- *Le Charme noir*

Vertige fantastique

A. Atwater-Rhodes
- *Dans les forêts de la nuit*

P. Conrad
- *Zoé-Louise, mon amie fantôme*

D. Doyle et J. D. Macdonald
- *La nuit des Hommogres*

M. Grimaud
- *Le fantôme des Cassegrain*

A. Horowitz
- *Les portes du Diable*
- *La nuit du Scorpion*
- *La Citadelle d'argent*
- *Le jour du Dragon*
- *L'île du Crâne*
(Prix européen du roman pour enfants de Poitiers, 1993)
- *Maudit Graal*
- *Mortel chassé-croisé*

A. Jay
- *Fantôme en héritage*

L. Lefèvre
- *Week-end infernal*

E. Rodda
- *La montagne de glace*
- *La Vallée d'Or*

M.-S. Roger
- *Le Vent de la Colère*
- *Les sources du Mal*

E. Sanvoisin
- *Pour l'amour des loups*

Valpierre
- *Le rendez-vous du cauchemar*
- *Le tarot du Diable*
- *Qu'est-ce qui rôde ?*

Imprimé en France par HÉRISSEY à Évreux
Dépôt légal Imp. : 89348 - Édit. : 10779
20-06-9747-08-5 – ISBN : 2-01-209747-2
Loi n° 49-956 du 16 juillet 1949 sur les publications destinées à la jeunesse
Dépôt légal : mars 2001